婚約破棄された令嬢、
二回目の生は文官を目指します！

レオン・ブルーシュ
王国の王太子。
努力家で誠実な性格。
一度目の人生ではエレノーアに
婚約破棄を
言い渡すが……
ルイス・バートン
バートン伯爵家の次男。
エレノーアに助言を
与えよき友人に
なろうとする。
エレノーア・エルスメア
巻き戻った二度目の人生を
生きる公爵家の令嬢。
レオン殿下に婚約破棄されて
断罪されたため、
今世では王太子妃を目指さず、
文官になろうと
決意する。
characters
登場人物紹介

サーニャ
エレノーア付きのメイド。
情報収集力に優れ、
身体能力も高い。
カイン・フォンワード
レオンの護衛兼親友。
常にレオンに付き従う。
リリーシア・ブルーシュ
レオン殿下の妹。
エレノーアを
姉のように慕う。
リーフィア・リンケール
侯爵家令嬢。
ミアリアとともに
エレノーアと
仲良くなる。
ミアリア・シューヴェル
侯爵家令嬢。
エレノーアの同級生で
文官を目指す。
ユリア・フレイシア
伯爵家令嬢。
一度目の世界でレオンの
婚約者となる。

プロローグ

私、エレノーア・エルスメアは牢の中でただただ悔いていた。

私があの方の婚約者でいられるはずがなかったのに。レオン・ブルーシュ様はこの国の王太子、国王となるお方。そんな方の隣にいたいだなんて、悪評しかない私が望むべくもなかったのだ。

それを理解せず、私は罪を犯し牢の中にいる。

「なぜ、私はあのようなことを」

最初の頃は、冤罪だった。身に覚えのないことで糾弾された。

何もしていない、冤罪だと訴えても誰からも信じられず私は孤立していった。

私が人々のために行動すると、それはいつの間にか私ではなく、彼女の功績として扱われた。

きっとそれも原因の一つだったのかもしれない。

それでもレオン様を支えるために、あの方の隣に立つためだけに誰よりも努力をしてきた。

だが、レオン様は一方的に私を悪とし、私から距離を置くようになっていった。私の言葉は誰にも届かず、誰よりも信じてほしいと願っていたレオン様にさえも信じられることはなかった。それが、私に罪を犯させた理由だった。

「間違っていることくらい、わかっていたもの」

それでも、私は自分を止めることができなかった。自分の居場所が彼女に奪われていく焦りと恐怖に、私は勝てなかった。

そして私は罪を犯した。もしかしたら、誰かが気付いてくれるかもしれないと。この罪が明かされるのならばその時は、きっと私にかけられたそれまでの無実の罪は消えるだろうと。

もし明かされなかったとしても、このままではきっと私は冤罪をかけられたまま婚約を破棄されるだろう。そうなれば、いつか真実が明かされた時にレオン様は心を痛めることになる。あの方はそういう人だから。それならば、私はあの方のために嘘を真実へと変えよう。

「レオン様の幸せに繋がるのならそれでいいと、決めたことだもの」

そう思い、私は彼女に冤罪をかけた。婚約が決まったばかりの頃に、レオン様から贈られた髪飾り。それを彼女が盗んだのだと。

それが私の一つ目の罪。あの方の隣に立つのならば、決して犯してはいけなかった重い罪。

『レオン様の幸せ』、そのためだけに犯した私の罪。

「なぜ、ですか。なぜ、なぜ！　私のことは信じてくださらなかったのに、彼女のことは信じたのですか！　あなたが私を信じてくれたのなら、私は、私は……！」

罪を犯した私の心は、余計辛くなっただけだった。心の底では、レオン様ならばきっと気付いてくれると、少しは期待していたのだろう。

だが、レオン様は私を信じることはなかった。それどころか私が彼女に冤罪をかけるごとに、レオン様は彼女と共にいるようになった。彼女を信じるようになった。

それを見ているだけで苦しかった。辛かった。私は信じてもらえなかったのになぜ、と。

「これが、私の望んだ結果だもの」

もうこれ以上、寄り添う二人を見ていたくなかった。

誰からも信じられないことが、苦しかった。

だから、私は計画を立てた。彼女を殺す、その計画を。それが私の二つ目の罪。その計画さえ見つかれば、全て終わりにできる。そう思ったから。実行することは決してない、計画だけのもの。

誰も巻き込まないように、毒を利用することにした。そのために薬学を学んだ。

人目につくように学園の先生方を訪ね、図書館で毒草に関する本を借り、あえて人目につく行動を取った。調べればすぐにわかるように、調合用の道具も自ら店に行き購入し、実際に毒を調合した。

そして私の思惑通り、レオン様はそれを暴き、私を捕らえた。

「許されるのなら、最後にご挨拶くらい言いたかったわ」

この後、私は取調官の聴取を受ける。だが、それを受け入れるわけにはいかなかった。

もし、その聴取で私がミスを犯して、全てがレオン様に知られてしまったら？　これまでの行動は意味のないものになってしまう。

これが多くの者の前で捕らえられたのであれば違っただろう。だがレオン様はそうはしなかった。非公式に公爵家を訪れ、ほかの貴族に知らせず私を捕らえた。

「意外とバレないものね」

私は密かに隠し持っていた毒を取り出す。

私の計画を知る者はいない。気付くとしても一人だけだろうが、彼は私の望みを知っている。

だからこそ、決して他言することはないだろう。だから、あとは私が消えればいい。これで私の計画がレオン様に知られることはない。

「あぁ、あの頃に戻れるのなら……」

もう二度と罪を犯さないのに。あの方にも想い人の方にも決して近付きはしないのに。

でも、もし、もしも許されるというのならば……

せめて、婚約破棄された今もあの方に対する想いだけは、抱き続けていたい。あの方をこうして想うことだけは、許してほしい。

いっそのこと、何もかも忘れてしまえるのなら楽になれるのだろうに。

だがそうとわかってはいても、この想いを消し去ることなんてできなかった。それは、私の犯した罪を忘れることと同義だから。

「もし戻れるのなら、その時はあの方のお役に立てるように商人や文官を目指してみるのもいいわね。あぁ、でも騎士や薬師なんてものにも憧れるわ」

少なくとも、もう二度とあの二人の邪魔をすることはしないと誓おう。

私より、あの人が、ユリア・フレイシア伯爵令嬢の方がレオン様の隣に相応《ふさわ》しいのだから。

「……ごめん、なさい。私、私はっ……！　あなたの心が欲しかった……！　レオン様に、振り向いてほしかった！　ほんの少しでもいい、ただ私を見ていただきたかった……！　私は、それだけで……」

ポロポロと涙が零れおちる。それは、後悔であり、悔しさであり、羞恥からの涙だった。たった一人、レオン様に見てもらえれば良かった。私がレオン様の隣に立つためだけにしてきた努力を認めてもらえれば。

少しでも、ユリア様に向ける優しさを向けてもらえればそれだけで良かった。

全てでなくてもいい。ほんの少し、その欠片だけでも向けてもらえれば、私はそれで諦められた。

「少しでも想っていただけるのであれば、それがあの方のためになるのであれば」、婚約者ではなくただの友人として、二人を応援できたはずだった。

このように許されざる罪を犯してまで振り向かせようとは思わなかった。せめて、あの方の口からユリア様が好きだと、だから私との婚約はなかったことにしてくれと、そう言ってもらえれば、はっきりと突き放してもらえれば、まだ、諦めがついたのに。こんな罪を犯さずにいられたのに。

だが今さらだ。もう遅すぎる。

「……本当に、酷い人。私を振ってすらくれないだなんて」

これは、最後の強がりだ。私の人生はあと少しで終わるのだから。

「……もしも来世があって、あなたとまた会えるのなら。その時は、あなたが欲しいと思うような人にきっとなってみせるわ」

私は、最後に涙を拭い一人そっと笑みを浮かべた。

二度と罪など犯しはしないと心に決めて。

そして勢いよく毒を呷《あお》ったのだった。

第一章　目指すもの

「……ノーアお嬢様、エレノーアお嬢様！」

「……えっ、サーニャ？　嘘、なんでここに？」

サーニャは私の専属だったエルスメア公爵家のメイドで、姉のように思っていた存在だ。

だが私が牢に入れられてからは、確か辺境の実家へと戻ったはずだ。

そんな彼女がここにいるはずがないのに、なぜ彼女がいるのだろうか。

「何を仰っているんですか、エレノーアお嬢様。お嬢様のお傍にいるのは当たり前じゃないですか。私を専属にしたのはエレノーアお嬢様なのですから。ふふ、珍しく寝ぼけているんですか？」

朗らかな笑みを見せるサーニャは気のせいか、私の知っているサーニャよりも若い気がした。

何より、私のいる場所は冷たく暗い牢ではなく柔らかいベッド、それに暖かな日差しが入り込む公爵家の自室で……

私が牢へ入れられた時点で、エルスメア公爵家の汚点として私は除籍され、私の部屋だった場所は開かずの間になったはずなのに。だが紛れもなくこの部屋は、私が長年過ごした公爵家の自室であった。

「……ごめんなさい、少し寝ぼけているみたいだわ。ねぇ、質問なのだけど……。今日は何年の何月何日かしら？」

「王国歴九三六年、四月の十八日ですが……。お嬢様、本当にどうなさいましたか？　ま、まさかどこか具合でも悪いのですか⁉　お医者様をお呼びしなければ！」

サーニャが私を心配して慌てはじめる。この感じも酷く懐かしい。

とはいえ、本当にお医者様を呼ぼうとしたサーニャを慌てて止める。

「ううん、なんでもないわ。ちょっと変な夢を見たからかもしれないわね。考えたいことがあるの。だから、悪いのだけれど少しだけ一人にしてくれる？」

「……わかりました。ですが、何かあったらすぐに言ってくださいね？　絶対ですよ！　約束ですからね！」

念を押して、心配そうにしつつもサーニャが部屋から出ていった。その様子に息を吐く。

「もう……。相変わらずね、サーニャは」

だが、九三六年？

私が牢に入れられたのが十六の頃、九四三年。

つまり私が牢に入れられるまであと七年の猶予がある。

ということは、だ。まさか、まさか本当に。

「本当に戻ったとでもいうの……？」

全てが始まる前まで？

あの時、最後に願ったことが叶ったとでもいうのだろうか。

だとするのならば、私は……

「……そう。でも、戻ったというのなら、私もちゃんとやらなくちゃいけないわね。レオン様が欲しいと思えるような人材になるために頑張らないと。そう、誓ったもの。もう絶対に同じ過ちを繰り返したりなんてしないわ」

愛されなくても構わない。

私はただ、レオン様の隣にいられればいいのだから。婚約者でなくとも、友人として、もしくは部下としてでいい。

だから、この想いにそっと蓋をして、レオン様とユリア様の邪魔をしないようにしよう。もう、前回のようになるのはこりごりだ。あんな未来にしないためにも、私はレオン様と距離を置こう。

「……えぇ、そうね。だって、せっかくの二度目の人生ですもの。楽しまなきゃ損よね？」

王妃にならないのならば、将来は自由に選べる。自分の好きなことができる。

それこそ、命の尽きる直前に考えていた騎士だとか商人だとか、薬師だとか、文官になってもいいし、教師として学園に残るのもいいだろう。

どれも楽しそうだ。王妃にならない。それだけで選べる選択は多い。

「でも、やっぱり目指すのなら文官よね？　騎士は私にできるほど生易しいものだとは思えないし、商人になるにはお金が必要だわ。薬師になるのはきっとお父様が許してはくれない。それに、薬師として王宮で働けるのは男性のみだもの。教師は、公爵家の令嬢がなるだなんて……」

教師になってしまえば、校長と私の家の爵位の差から校内のパワーバランスが崩れてしまいかねない。私が全権を握るようなことになる、というのもありえる。その点、文官であれば高位の貴族も多いうえ、そのほとんどが実力主義なので家の爵位は関係なくなる。

「えぇ、文官を目指しましょう。ふふっ、文官になってレオン様の部下として仕える。いいかもしれないわね。それに、文官なら民のために働くことができるもの」

これからのことを考え、私は笑みを浮かべた。

二度目の人生を手に入れたと気付いてからの私の行動は早かった。

それまでの生活をガラリと変え、元々ついていた家庭教師の来る日数を週二日から五日に増やし、前世の記憶から教養をはじめとした授業を早々に終わらせると、その後は多種多様な知識を貪欲に吸収した。

「……お嬢様！　根を詰めすぎですよ！　今日は、お休みをお取りくださいませ！　もし、どうしてもというのなら、私の屍を越えてください！」

なんてことをサーニャが言わなければ、今日もそんな一日を過ごしていたことだろう。

けれど、それだけ心配させてしまったことは申し訳なく思うし、サーニャのおかげで一つ思い至ったことがあった。

「そういえば、文官って乗馬スキルも必須だったわね」

すっかり記憶から抜けおちていたが、文官にとって乗馬スキルは必須だ。

文官だからといって、いつも書類仕事だけをしているわけじゃない。たまにはその書類にあった事例などの検証や確認で馬で村へと向かう、だなんてこともある。文官採用試験の一つにあるほどには重要だ。そう思い至ってからの行動が早かった。

「わかったわ、サーニャ。今日は勉強はやめましょうか。そのかわりに、お父様と少しお話ししたいのだけれど……。確認してもらえないかしら？」

「はい、わかりました！　すぐに行ってきますね！　勉強しちゃダメですよ？　ちゃんと、大人しく待っていてください！」

やけに嬉しそうなサーニャを見るに、私は彼女にかなりの心配をかけてしまっていたのだろう。

まぁ、それまでの生活のほとんどを変えてしまえば、そうなるのも当然なのだろうが。

「……けれどまぁ、本を読むくらいはいいわよね？」

勉強ではないからきっと問題ないだろう。そう、これは趣味の範囲に収まるはずだ。内容が王国史だとしても、別に問題はないだろう。

ただの趣味で、勉強というわけではないのだから……。そう思い、本を開き読み始めた。

「お嬢様、旦那様はいつでも大丈……。って、おーじょーうーさーまー？　なにやってるんですか！　ダメって言ったじゃないですか！　もう、この本はしばらくの間取り上げますからね！」

結局、本は思っていたよりも早く戻ってきたサーニャにより取り上げられてしまった。

せっかくいいところだったのに残念だ。まぁ、今はそれよりもお父様のことだけれど。

「サーニャ、ごめんなさい。それと、早速で悪いのだけれど、お父様のところに行きたいの」

「エレノーアお嬢様でしたらそう仰ると思って、すぐに伺うとお伝えしておきました！」

「ありがとう、サーニャ」

文官になるために必要なことはお父様に聞いた方が早いし、乗馬の先生も付けてもらいたい。そんな思いを抱き、私はお父様のいる書斎へと向かった。

「失礼いたします」

書斎に入った私は、お父様と対面していた。久しぶりに見るお父様はやはり私の記憶よりも若くて、違和感を感じずにはいられなかった。いつも厳しくて、あまり褒めてくれることもなく、言葉も少ない、私が少し苦手だったお父様。

でも、知っている。お父様が私を愛してくれていたことを。誰よりもお父様が私を一番心配してくれていたことも。ただ少し、ほんの少し不器用なだけだったのだ。

だから、今世では同じ失敗を繰り返したりはしない。

「ずいぶんと珍しいな。お前から私のもとへ来るだなんて」

抑揚の感じられない声でお父様が口にした。その視線は私ではなく、書類に向いている。こうして、いつも私を見ようとしないお父様が、私は苦手だったのだ。

けれど、牢に入れられてからサーニャとの面会で教えてもらった。お父様のそれは、照れ隠しであったのだと。私がいない場では必ず、近くの使用人に私の自慢話をするのだと。だからこそ、私は今世ではお父様との関係を変えたいと思っている。

「私は将来文官になりたいと思っています。そのために、色々なことを学びたいのです。認めてはくださらないでしょうか、お父様」

私はまっすぐお父様を見つめてお願いを口にした。

お父様は手を止め、少しだけ驚いたように私を見て、目を丸くしていた。ちゃんと見ていなければわからない程度のものではあったが。

「なぜ、よりによって文官なのだ。お前は殿下の婚約者候補筆頭なのだぞ。文官になどなれば殿下との婚姻はできぬ。それでも、お前は文官になると言うのか？」

難しい顔をするのは、私とレオン様の婚約が持ち上がっているからだろう。

前世では、この時期に殿下との顔合わせがあり婚約したはずだ。となれば既にお父様に話がきているのだろう。

もう一度レオン様の婚約者に、そう願う気持ちはあるが、私では釣り合わないことなど理解している。だからこそ、早々に婚約の話を潰しておかねばならない。

「はい、叶うことなのでしたら。お父様が陛下を支えるように、私も殿下を文官として支えたいのです。殿下の手足となり、この国をより良くするための力となりたいのです」

私は、前世でこの国のことなんて考えていなかった。この国に住む者たちの事情なんて、顧みなどしていなかった。私は、私たち貴族は国民がいなければ生活できないのだと、あの牢の中でようやく理解したのだ。

だからこそ、私はこの国に住む者たちへ少しでも恩を返したいのだ。前世での罪の償いとして、民に尽くしたい。そのためにも私は、文官になる必要があるのだ。

「……そうか。だが、お前が思っているほど文官というのは生易しいものではないぞ。それでも目指すと？」

「私だって、エルスメア公爵家の一員です。文官になるためならば、どのようなことであろうとやり遂げてみせます」

私の言葉に満足したのか、お父様は少しだけ表情を緩めた。

「そうか。そこまで言うのならばわかった、良いだろう。ただし、途中で投げ出すことは許さん。いいな？」

「承知しております、お父様。認めてくださり、ありがとうございます」

厳しいくらいがちょうど良い。そう言ったのは誰だっただろうか。

誰が言ったのかは既に覚えてなどいないが、そんな言葉を思い出していた。

「ほかに、何かあるか？」

私はその問いに、『ない』と言おうとして、やめた。

「その、関係はないのですが……。時間があれば、お母様とお父様と一緒にどこかへ行きたい、です」

私の言葉が予想外だったのだろう。お父様は再び固まった。

そして、しばらく固まっていたあと、何事もなかったかのように書類に目を向けた。

「……わかった。考えておこう。ほかに何か希望があれば言いなさい」

「はい！　ありがとうございます、お父様」

お父様の言葉に自然と笑みが浮かぶ。こうして、前世含め初の家族でのお出かけが決定した。

◇◆◇

私が文官を目指しはじめてから三年経ち、十二歳となっていた。

この三年間、色々なことがあった。家族で旅行へ行ったり、お父様の仕事場へお邪魔したり、王女殿下と会って友人となったり……

だが、前世から一番変わっているのは、お父様の私への接し方だろう。

「ノア、今日は学園も休みだろう。どうする、私と城に行くか？」

「お父様がよろしいのでしたら、ぜひご一緒させてください」

お前、としか呼ばなかったお父様が名前で、しかも愛称で呼ぶようになっていた。その上、こうした提案までしてくれるようになったのだ。

この三年という期間は、私とお父様の関係を変えるのには十分すぎるものだった。

「あらあら、ノアが行くのなら私もついていこうかしら？」

「お母様はお茶会に出席することになっていたと思うのですが……」

「ふふっ、大丈夫よ。私が行かなくても別に問題はないわ」

お母様は笑っているが、下位の家にとっては公爵家の者が出席するか否かでかなり対応が変わってくる。まして、出席予定のものを急用が入ったといって欠席される、というのは公爵家の不興をかったと思われかねないのだ。それだけはなんとしてでも阻止しなければならなかった。

「お母様！　それでは出席予定だった、ウォーレス伯爵家の面目が潰れてしまいます！」

「そうは言っても、ズルいじゃない？　私だって、ノアと一緒にいたいんだもの」

お母様が可愛らしく口を尖らせて言う。

確かに、最近はお父様の仕事場へお邪魔したり、学園へ行ったりやらでお母様と過ごす時間は少なかった。

とはいえ、そんなお母様の行動を認められるはずもなく……

「そうだわ、ノアがそんなに気になると言うなら一緒にお茶会へ出席しましょう！　ふふっ、そうと決まればドレスを決めなきゃいけないわね」

「……待て、アイリス。ノアは私と一緒に城へ行くと言っている。私の方が先約だろう」

「あら、別にいいじゃない。あなたは毎週ノアと王宮へ行っているんだもの。今日くらい、私に譲ってくれてもいいでしょう？」

「ダメだ。ノアは私と行きたいと言っているだろう」

なぜか争いはじめた両親に私は戸惑いを隠せない。

お父様とお母様が言い争うだなんて今までなかったうえ、その原因が私なのだから……

「ノアは公爵家の令嬢なのよ？　ほかの家の子との学園外での交流だって大切なことなの。文官になるというのならなおさらよ」

お母様に視線を向けると、基本的に笑みを崩さないお母様が珍しく真面目な表情をお父様に向けていた。

「ほかの貴族との交友関係が文官にとって重要なのだということは、あなたが一番わかっているでしょう？　それに、公爵家の令嬢としてはお茶会への参加も少ないわ」

「むぅ……。だが、実際の仕事風景を目で見ることも必要だろう。ノアにとっても勉強になる。貴族ならば、城にもいるからな」

一瞬、お母様の言葉にお父様が言葉を詰まらせたものの、すぐに言い返した。

その間、私はどうすればいいのかわからず、ただ狼狽《うろた》えていることしかできなかった。……前世でこういった経験はただの一度さえなく、対処法が全く思いつかない。

「城にいるのは歳をとった貴族でしょう。同年代の子は王族や脳筋の馬鹿くらいじゃない。ノアに必要なのは、ほかの同年代の貴族との交流よ。今、城にいる貴族と交流を持ったところでノアが文官になる頃にはどうせ変わっているもの。それとも、あなたは社交界でノアに一人でいろ、とでも言うつもりかしら？」

「……わかった。ノア、今日はアイリスと茶会へ出席しなさい。城へ行くのは別の日にしよう」

お父様は不本意そうではあったものの、お母様に言い負かされ、渋々ながら私へ茶会への出席を命じた。対して、お母様は嬉しそうに笑っていた。

「ふふ、お茶会へ参加するのならドレスを選ばないといけないわね。ノアのドレスを選ぶなんて、久しぶりだから楽しみだわ」

そんなお母様相手に拒否できず、私は諦めてお母様の着せ替え人形になる覚悟を密かに決めた。

「きゃー!!　ノア、似合ってるわ。さすが私の娘、すごく可愛いわ！」

急遽、私のお茶会への出席が決定してから数十分。

私は茶会用の淡い青のドレスに身を包んでいた。

「お嬢様の白銀の髪がよく映えていて、いつもより何倍もお綺麗です！」

「ふふっ、当然よ！　ノアは私の可愛い娘だもの！」

「さすがは私たちのお嬢様です！」

サーニャがお母様と謎の盛り上がり方をしていた。

ドレスを着た私を見て、サーニャとお母様の二人は楽しそうにはしゃいでいる。

そのような光景を見ているると何も言えなくなるのだから不思議だ。

私は完全に置いてけぼり状態で、されるがままになっている。早く終わってくれれば……そんな思いが通じたのか扉がノックされ、誰かが入ってきた。

「奥様、お嬢様、そろそろ出発のお時間です」

お母様専属の側仕えであるエミリーが出発の時間を告げ、ようやくこの着せ替え人形の状態が終わる。私はそっとため息をついたが、それも仕方ないことだろう。

「あら……。もうそんな時間？　仕方ないわね。ノア、行きましょうか」

「はい、お母様。サーニャ、行ってくるわね」

「はい！　行ってらっしゃいませ、エレノーアお嬢様」

今回、サーニャは留守番だ。私はサーニャに見送られながら、お母様と一緒に馬車へと乗り込む。

お茶会に参加するのは久しぶりだ。特に、お母様と一緒に参加するのなんて、最初に参加したお茶会以来かもしれない。

今世では最低限のパーティー以外は全て断っていたし、そんな暇があれば文官になるために、と言ってお父様についてまわったり、勉強に時間をあてたりしていたから。

「ノアとお茶会だなんて久しぶりね。すごく嬉しいわ。誰に似たのか文官のことばかりなんだもの」

お母様が心からの笑みを浮かべながら、そんなことを口にする。その言葉に、少し照れくさくなるのは、前世の行いがあるからだろうか。それとも、今世ではあまりお母様と接してこなかったからなのだろうか。

もしくは……。と、そこまで考え、やめた。私は前を向いて生きると決めたのだから、今を見よう、そう思って。

「そうですね。私も、お母様と一緒にお茶会に参加するなんて久しぶりで……。嬉しいです」

「あの人ばっかりノアと一緒にいて、羨ましかったのよ？　こんな可愛いノアを独占だなんて、ズルいじゃない」

唇を尖らせ、ズルいと口にするお母様に私は苦笑を漏らす。

お母様の方が私よりも断然可愛らしく、子供っぽく見えるのは、こういった仕草をするからなのだろうか。

「お母様の方が可愛らしいと思うのですが……」

「もう！　ノアの方が可愛いに決まっているじゃない！　そうね、例えば……」

と、馬車の中で私がいかに可愛いかを語る暴走が止まらなくなったお母様のおかげで、気力と体力を削られた状態で私は会場入りした。

いつからお母様はこんな風になってしまったのだろうか。そんなことを思わずにはいられなかった。

「エルスメア公爵家の方々がご到着されました」

私たちをここまで案内してくれた執事がそう口にすると、集まっていた方々の視線がこちらに向けられる。好意的な視線から探るような視線、少しばかり敵意がこもった視線と様々だ。こういった視線は、やはりいつになっても慣れない。

……いや、前世の頃は慣れていた。慣れていたというより気付かなかった、と言った方が正しいのかもしれない。

「さぁ、ノア。まずはウォーレス伯爵夫人に挨拶へ行くわよ？」

「はい、お母様」

お母様が隣で微笑んでいた。そんなお母様を見ていると、自然と変な力が抜けていくのだから不思議だ。これが安心感というものだろうか。

そんなことを考える余裕があるくらいには、私は落ち着いていた。

「久しぶりですね、アイリス。よく来てくれました」

「お久しぶりですわ、ウォーレス伯爵夫人。本日は娘共々、お招きいただきありがとうございます」

「急遽、出席させていただくこととなり、申し訳ありません。エルスメア公爵家が長女、エレノーア・エルスメアと申します」

公爵夫人であるお母様が特別丁寧な礼をとるのは、ウォーレス伯爵夫人の生まれにある。

現在は伯爵夫人とはいえ、以前は王族の一員で降嫁されたのだ。今がどうであれ、礼を尽くすのは当然だろう。一方、ウォーレス伯爵夫人は困ったように頬に手を当てている。

「今の私はウォーレス伯爵家の人間なのですから、昔がどうであれエルスメア公爵家のお二人がそう礼を尽くすものでもありませんよ。それに、私とアイリスの仲でしょう？」

「えぇ、リアナがそう言うのなら」

お母様のいつもとは違う、少し砕けた雰囲気に驚きを隠せずにいると、ウォーレス伯爵夫人が私に目を向けてきた。王族の証でもある金の瞳を向けられ、気圧されそうになる。

「その子が、アイリスの娘なのね？」

「えぇ！　ふふっ、ノアは可愛いでしょう？　私の自慢の娘なのよ。誰に似たのか、文官になることしか頭にないのだけれど」

お母様に自慢の娘と言われて気恥ずかしくなり、俯くと、ウォーレス伯爵夫人がふふ、と笑った声が聞こえた。

「本当、誰に似たのかしら？　それにしても、小さい頃のアイリスにそっくりね。……本当はもっと話していたいのだけど、ごめんなさいね」

ウォーレス伯爵夫人はこの茶会の主催者だ。ほかに挨拶をする人もいるだろうし、私とお母様も公爵家の人間だ。やることだってある。そのため、そう話し込んでいるわけにはいかなかった。

「また、ゆっくり話しましょう」

「えぇ、その時はぜひ。アイリス、エレノーアさんも楽しんでください」

そう微笑んで、ウォーレス伯爵夫人は行ってしまった。

すると、すぐにほかの貴族から話しかけられる。やはりエルスメア公爵家の名前はここでも注目を浴びてしまうようだ。

「お久しぶりです。お二人が揃ってお茶会に参加だなんてお珍しいですね」

話しかけてきたのは、お母様の友人で公爵家とも交流のあるアリア・スーフィエット伯爵夫人だった。私が最後にお会いしたのは、年末に城で行われた夜会だっただろうか。

「久しぶりね、アリア。元気そうで何よりだわ」

お母様の挨拶に倣うよう、私も軽く挨拶を返す。そして、二人の話が盛り上がってきた頃、スーフィエット伯爵夫人に一言断りを入れ、当初お母様に言われた通り、同年代の友人を作るためにお母様から離れることにした。

お母様と別れたはいいものの、同年代の参加者のところへどう入っていけばいいのか悩み、私は会話に入れずにいた。私にとっては、長い間傷つけ、威圧し、関わりを持とうともしなかった人たちなのだ。会話に入れないのは当然のことだろう。

「あ、あの……。エレノーア様、よろしければ……」

会話に入れずにいた私を心配したのか、小動物のように可愛らしい令嬢が話しかけてきた。だが、緊張しているのか上手く言葉にできないようだった。

そんな彼女に、私は笑みを浮かべる。

「初めまして、シューヴェル侯爵家のミアリア様ですね。よろしければ、私のお話し相手になってくれませんか？」

私の言葉にミアリア様は嬉しそうに笑って頷いた。

「あっ……！　わ、私の名前、覚えて……？」

「えぇ、もちろんです。学園のテストでは毎回上位に入っていましたし、事前のコース調査で私と同じ文官コースを志望したと伺っておりましたから。令嬢の中で文官コースを志望したのはあなたと私だけですもの。ぜひお話ししたいと思っていました」

私と同じ、文官コース志望で私以外では唯一の女生徒だ。

そのうえ、前世ではユリア様の友人だった彼女には、少なからず思うところがあった。

「ありがとうございます！　私も、その……。ず、ずっとエレノーア様とお話ししたいと思っていました！」

「ふふっ、ありがとうございます。ミアリア様さえよろしければ、あちらでゆっくり話しませんか？」

数は少ないものの、椅子やテーブルなどはしっかりと用意されている。

私たちは、違うケーキを一切れずつお皿にとり、お茶を飲みながらゆったりと話すことにした。

「なぜ、ミアリア様は文官コースを？」

「お父様に、憧れていたんです。国のため、民のためと働いている姿を見ていてふと思ったのです。

私は、他国と、この国を結ぶ外交官となり、この国の素晴らしいところも他国の素晴らしいところも広めていきたいと。この国とほかの国を結ぶための橋渡しができればと思い……」

　夢について口にするミアリア様の瞳は、輝いていて……

　それだけでなく、先ほどまで狼狽《うろた》えていたとは思えないくらい芯の通った、強い光を瞳に宿していた。

「ということは、ミアリア様は諸外国との架け橋、外交官になりたいのですね」

「はい……。私なんかにできるとは思えませんが、精一杯頑張りたいと思ってます」

「ミアリア様なら、きっと叶えられます」

　私の知っている限りの未来では、ミアリア様は、女性初の外交官として活躍する。他国と共同で開催されるイベントも彼女の手により増え、それにより観光客も増加するのだ。

　さらに、その観光客に向けた旅行雑誌の販売が隆盛になり、彼女の立ち上げる自国や他国の特産品を集めた商会は国一番となる。

「あ、ありがとうございます……。エレノーア様は、なぜ文官に？」

　ミアリア様は私の言葉に気恥ずかしそうに俯き、思い出したかのように、ぱっと顔を上げた。

「私は、私たち貴族は平民によって生かされています。私たち貴族が使っているお金は平民の血税により得ています。さらに日々の世話をしてくれるのも、服や食事を作るのも全て平民です。ですが、私はそんな平民たちに何も返せてはおりません。ですから、そのような方たちが少しでも生活が楽になるように、この国に産まれて良かったと思えるようにしたいのです。それが、私にできる恩返しですから。そのために私は文官になると決めました。文官以上に、民に尽くす仕事はほかにありませんから」

私の働きは、間接的に殿下の力になる。だからこそ、私は文官を目指す。この国と、この国に住む人々、そして殿下のために少しでも力になれるであろう、この道を。

ミアリア様と色々話しているうちに、茶会が終わる時間となっていた。

「ミアリア様、今日はお話できて良かったです。また、よろしければお話しさせてください」

「は、はい！　私もエレノーア様とお話しできて良かったです！　その……。が、学園でも声をかけても良いでしょうか？」

「ええ、もちろんです。こちらからお願いしたいくらいです。ぜひ、学園でもお話ししましょう」

正直、私が本当にミアリア様と……という思いもある。

前世で、私が傷つけた人の中にはミアリア様も入っている。だが、私の答えに嬉しそうに笑ったミアリア様を見て、その思いは消え去った。

「ありがとうございます！　あの、良かったら私のことはミアと呼んでください。家族からもそう呼ばれていますから……」

緊張気味に、愛称呼びを許してくれたミアリア様……ミアに、私は頷いた。

「では私のこともノアと呼んでください。改めてよろしくお願いしますね、ミア」

「はい！」

こうして、久しぶりのお茶会は、一人の大切な友人を得て終了した。

茶会から帰ると既にお父様が家にいた。お父様にしては、早い帰宅だ。

「お父様、ただいま帰りました」

「あらあら、ずいぶん早いのね。あなたったらノアが心配だったのかしら？」

私が帰宅の挨拶をし、お母様がお父様を茶化す。

すると、お父様は顔を背けた。少しばかり耳が赤くなっているのは気のせいではないだろう。

「別に、そういうわけでは……。それはそうとノア、茶会はどうだった。友人はできたか？」

誤魔化すように話題を変えたお父様に、私は思わず笑みを零す。

あぁ、これも前世では考えられなかったことだ。こんな時間が得られるだなんて、あの頃は想像もできなかった。

「はい、楽しかったです。友人もできました！　私と同じ、文官志望で外交官になりたいのだと言っていました」

「……そうか。なら、良かった。今度はその友人も連れて、城へ見学に来るといい。外交官志望だとしても色々学べることはあるだろう」

「はい！　ありがとうございます」

お父様の提案は嬉しいものだった。誰かと共に見学する、なんてことはありえないと思っていた。まず、そんな友人すらできないと思っていたくらいだ。

「お前に友といえる存在ができて良かった。その友人を大切にしなさい」

「はい」

お父様に言われるまでもない。前世を含めて、初めての友人なのだ。大切にするに決まっている。もう、間違えたりなんてしない。


部屋に戻ると、サーニャが笑顔で待っていた。

「お嬢様、お嬢様！　今日のお茶会、どうでしたか！　楽しめましたか？」

「えぇ、とても楽しかったわ。ミアという友人までできたのよ？　本当に、お茶会へ参加して良かった。お母様に感謝しなきゃいけないわね」

サーニャはまるで自分のことのように嬉しそうに笑った。

「つ、ついにエレノーアお嬢様にご友人が！　良かったです！　これで、お嬢様も勉強ばかりしなくなりますよね！」

「もう、勉強ばかりって……。それじゃあ私が勉強しかしていないみたいじゃない。サーニャは大袈裟なのよ。私はそんな、いつも勉強ばかりしているわけじゃないもの」

呆れた口調になるのも仕方ないだろう。

私はサーニャが言うほど勉強ばかりしているわけじゃない。サーニャが大袈裟すぎるだけだ。

「いいえ！　大袈裟ではありませんからね！　お嬢様は毎日勉強しかしていませんからね！」

なんて、怒るサーニャに、私は笑う。

「あ、あぁぁぁ！　また笑いましたね！　もう、私は本気で心配しているんですよ。わかったら少しは自重してください！」

「えぇ、わかっているわ。ごめんなさい。ありがとう、サーニャ」

ミアという友人ができたお茶会があった次の日、私は学園で早速ミアを探していた。

なにせ友人ができたのは初めてだったので、クラスを聞くのをすっかり忘れていたのだ。

「うん……？　エレノーア、こんなところでどうした？」

その途中で、まさか殿下に会うことになろうとは。

「おはようございます、殿下。殿下のお手を煩わせるようなことではありませんので、どうかお気になさらないでください」

前世の私であれば、殿下に話しかけられただけで舞い上がっていただろう。

まぁ、殿下が私に話しかけてくるなんて一度たりともなかったが……

「そんなことを言うな。私とエレノーアの仲だろう。友人なのだから、少しくらいは頼ってくれ」

友人。殿下の口から零れたその言葉に、私は込み上げる感情をグッと堪える。死ぬ間際、私が望んでいた立場であり、こうありたいと願ったその存在になれたのだと。

そんな、嬉しいと思う気持ちとは裏腹に、やはり私では殿下の大切な存在にはなれないのだと示されたようで、苦しいと思う気持ちもあった。

殿下は、そんな私の気など知らず、笑顔を浮かべて近付いてくる。

「これは、私がやらなければいけないことですもの。殿下のお手を借りるわけにはいきません。ですから、どうかお気になさらないでください」

「……そう、か。わかった。だが、もし何か力になれることがあれば言ってほしい。私は必ず、エレノーアの力になろう」

他者が聞けば、まるで告白だ。それを、この人は……。そういう人だから、私はきっと勘違いして、勝手に想いを寄せて、あのような罪を犯してしまったのだろう。

私は笑みを浮かべながら、胸の奥が痛むのを感じた。

「うわっ……！　あ、いた。レオン！　……と、エレノーア？　何してんだ、こんなとこで」

「カイン様には関係のないことですのでお気になさらないでください。私のことより、カイン様は殿下にご用件があったのでは？」

カイン・フォンワード。真っ赤な、燃えるような髪が特徴的な彼は騎士団長の息子であり、お母様曰く、『脳筋の馬鹿』である。

剣に頼りきっているが故のことで、私が牢に入れられていた時には周りをよく見られる期待の新人、なんて言われるようになっていたので、きっとこれから改善されていくだろう。

「あっ、そうだった。近いうちにある、職場見学で見学を希望する場所はあるかってさ。レオンが決めないと俺も決まらねぇの」

職場見学。前世でもあった気がする。確か、私は殿下と同じ場所じゃなかったから休んだ覚えがある。今考えればありえないことだけれど……確か、この時は殿下はカイン様と騎士団の見学に行ったのだ。

「……そう、だな。カインは騎士団か？」

「いや、俺はお前の護衛だからレオンと同じにする。あ、けど頭使うとこなら別の奴に護衛を任せるわ」

「……そうか、すまないな。エレノーアは……。聞くまでもなく、文官か」

そして、殿下はまた少し考え込み、決めたようだった。結局どこにするのかはわからないが、多分、また前世と同じようになるのだろう。

とりあえず、私はミアを早急に探さなければいけない。暇《いとま》を告げて二人と別れた。

殿下たちと別れた後、私は再びミアのクラスを探しはじめた。学園のクラスは、上級貴族、中級貴族、下級貴族と商人の子、平民というクラスに分かれている。

とはいえ、状況によっては多少前後することもある。ミアの家は侯爵家のため、上級貴族のクラスにいるはずだ。そのため、クラスは自然と絞られる。

なにせ、上級貴族のクラスは三つしかない。

「……えっ？　な、なんでこんなところにエレノーア様が？」

「ま、まさか誰かやらかしたんじゃ……」

「そんな……。何をやらかしたって言うのよ。だって、あのエレノーア様よ？」

私がミアを探して別のクラスへとお邪魔すると、そんな声が聞こえてくる。

前世ならばわかるが、今世ではそんな恐れられるようなことはしていないのに不思議だ。

「あ、あの……。エレノーア様、こちらのクラスに何か……？」

「えぇ、ミア……。ミアリア様を探しているのだけれど、クラスがわからなくて。このクラスにミアはいますか？」

私の質問に、クラス全体がざわめいた。

そんなにおかしなことだっただろうか、と私は内心疑問符を浮かべる。

「ミアリアさんが何か……？　あっ、いえ！　な、なんでもありません！　えっと、ミアリアさんはまだ登校してなくて……」

目の前の子が、狼狽《うろた》えはじめた。何かを隠しているようにも思える。

にしても、ミアはまだ登校していないらしい。仕方ないので、伝言を残していこう。

「そう、ですか……。では、ミアにまた来ます、とお伝えいただけませんか？」

「えっ……」

私の返答が予想外だったのか、目の前の子は戸惑いを隠せずにいた。

「あっ、ノア様？」

「おはようございます、ミア。教室まで押しかけてしまってごめんなさい。どうしても話しておきたいことがあったので……」

ちょうど、というべきか、ミアが登校してきたようだ。

ミアは少しばかり戸惑っていたようだったが、笑顔で頷いた。

「ノア様、お話ってなんでしょう？」

教室前から少し場所を移動して、ミアとゆっくり話せるようにする。

とはいえ、もうそんなに時間はない。

「私、実は休日にお父様の職場で見学をさせていただいているのです。ミアのことをお父様に話したら、次の休日はぜひミアも一緒に見学に来ないか、と。外交官志望でも、色々学べることはあると思います。ミアさえ良ければなのですが……」

私の提案に、ミアは驚いたように目を丸くした。そして、花の咲くような笑みを浮かべ、頷いた。

「はい、ぜひ！　ありがとうございます、ノア様！」

職場見学でどうせまた行くことになるのだろうが、それでも良い体験になる。それに、仕事を近くで見られることは一番の学びだろう。

「でも、何か悪い気がします……。本当に私なんかがお邪魔しちゃって良いんでしょうか？」

「お父様が良いって言うんですもの。大丈夫です。それに、私も一緒ですから」

「そうですね……！　次の休みの日が楽しみです！」

　こうして、私は次の休日、ミアと共にお父様の職場……、文官の仕事を見学することになった。友人と過ごすだなんて初めてなので、私も楽しみだ。……まぁ、遊びではないのだが。

　昼食時、私はいつも通り一人で、静かな場所で食べるために移動しようとしていた。

「あっ、ノア様！　あの……！　よろしければ、お昼をご一緒させてくれませんか？　私の幼馴染の友人も一緒で良ければ、なのですが……」

　廊下を歩いていると、緊張気味のミアから昼食のお誘いがあった。ミアの友人も一緒のようだが、こんな誘いは初めてで、素直に嬉しい。だが、なぜミアは私と話す時は緊張気味なのだろうか。

「ええ、もちろんです。ミアとその方さえよろしければ、ぜひご一緒させてください」

　私の返答に、クラスメイトがざわめいた。さすがにその反応は酷いのではないだろうか。ミアが気にしていないようなので良いけれど……

「……おい、待て。エレノーア、なぜ私に愛称呼びを許してはいないのにその者には許しているのだ。しかも、私が何度昼食に誘っても応えてくれたことなどなかっただろう」

　いつの間にいたのか、ムッとした様子の殿下が横から口を挟んできた。

　確かに、今世では殿下から昼食に誘われても断ったし、愛称呼びを許してもいない。

　だが、それは全て殿下のためだった。殿下は近い未来、ユリア・フレイシア伯爵令嬢と出会うことになる。私という存在が邪魔しないように、何より勘違いされないように。そう思い、距離を置き続けてきたのだ。

でないと、私がせっかく蓋をした殿下への恋心が溢れ出してしまいそうだった。また罪を犯し、前世と同じような道を辿ってしまいそうだから。

そして、もう一つの理由は、目立つからだ。

一国の王子と公爵令嬢に、護衛としてだが公爵令息。それでは目立つに決まっている。爵位だけでも目立つのに、見た目も良いとくれば衆目を集めないはずがなかった。

「申し訳ございません、殿下。私が殿下とご一緒すると騒ぎになってしまいますから遠慮させていただいておりました。ほかの方のご迷惑になってしまいますもの」

殿下専用の断り文句だ。こう言えば、殿下も引かざるをえないだろう。

「うん？　それなら、私専用の部屋がある。そこならば問題ないだろう」

今さらながらに思い出す。学園では王族に対してのみ、専用の部屋が設けられると。王族に近付く者は多く、また秘密の話も多くなるから、という理由で設けられていた。

「申し訳ございません。今日は既に先約が……」

「ならば、その者たちも連れてくるといい。場所はわかるな？」

私の知る殿下は、こんなにも押しの強い方ではなかった。

むしろ、冷たく突き放すような方で、今の殿下の態度が新鮮に感じる。

「エレノーア、早々に諦めた方がいいって。こうなったレオンは止まらねぇし。別にいいだろ、一緒に食うくらい。特に減るもんでもねぇし」

いつから聞いていたのか、カインが口を挟んできた。

どこまでいっても殿下の味方をするあたり、カインらしい。

「ですが、私たちが王族専用の部屋へ招かれると騒がれます」

「そんな奴ら、俺が叩き潰すから大丈夫だって」

前世では、カイン様とあまり話したことはなかったからわからなかったが、今ならばわかる。

確かにお母様の言う通り、カイン様は脳筋だ。これで大丈夫なのか、と思わなくもないが、前世では何か問題があったなどとは聞いていないので大丈夫なのだろう。

「何より、ミアとミアの友人から許可をいただかなければなりません。ですから、またの機会ということで……」

「……許可をもらえばいいのだろう。ミアリア嬢、もし良ければ私たちも同席して構わないだろうか」

私の言葉に、殿下は笑顔でミアに問いかける。

まぁ、王族からの誘いを断れるわけもなく、ミアは狼狽《うろた》えつつも、頷いた。

「え、えっと……。も、もももちろんです！　私はフィアを呼んできます！」

フィア、というのはミアの友人だろう。

……なぜ、今世はこんなにも殿下が私に関わってくるのか不思議だ。

私は、ミアと共にミアの友人を迎えに行き、事情を説明し、謝罪した。

元はと言えば、私が殿下を止められなかったのが悪いのだ。

それに加え、せっかく三人で、と誘ってくれたのに……。そう思ったからこその行動だったものの、それは逆に彼女たちを困らせてしまったらしい。

「え、えっ……？　ノア様が謝る必要なんてありません！　それに、王子殿下と同席だなんて確かに緊張しますけど……。皆で食べた方が絶対楽しいですから！」

「何があったのかはわかりませんが、私は気にしませんので、エレノーア様もお気になさらないでください」

二人が私を気づかってなのか、本音なのかはわからないがそんなことを口にした。

その言葉が嘘だったとしても、私が少しばかり救われたことは事実で……。私は、ホッと笑みを浮かべた。

「ありがとうございます。二人とも、そろそろ行きましょうか。殿下がまた痺れを切らしてこちらまで押しかけてくるかもしれませんもの」

「「えっ……」」

冗談のつもりで口にしたものの、今の殿下では実際やりかねないと思ってしまう。

「あ、あの……。殿下って、そんな、その、フレンドリーというか、なんというか……」

「ふふっ、えぇ。意外でしょう？　関わってみると、案外親しみやすいお方なのです。ですから、そんな緊張しなくとも大丈夫だと思いますよ。殿下も堅苦しいのはあまりお好きじゃありませんから」

少しばかり無礼なことをしたところで、何か罰を与えるつもりなのならば、私は前世であのような罪を犯す前に処罰されていただろう。

今ならばわかるような気がする。

殿下は、前世の私のような媚びる者より、隣で支え、支え合える人を必要としていたのだと。

王太子という立場故に避けられ、媚びられることしかなかったからこそ、対等な関係を築き上げられるような人を求めていたのだ。

まぁ、今さら理解したところで遅いうえ、私はあの方の隣に、友人や部下として立つと決めている。全てが遅すぎた。

「……だって、私があの方に選ばれるはずがない。そんなこと、絶対にあってはいけないんだもの。私に、そんな資格なんてありはしないのだから」

かつての己の行いを思い出し、ギュッと手を握りしめた。

その声は小さく、誰にも聞かれていなかったことだけが幸いだろう。

「おっ、いたいた！　エレノーア！　ったく、お前らが遅いからレオンが道に迷ったんじゃないかとか何か問題でもあったんじゃないかって心配してたんだぜ。そのせいで迎えに行ってこいって駆り出されるし……。ほら、さっさと行こうぜ！　じゃねぇと、レオンの奴がくる」

「……えぇ、そうですね。申し訳ありません。ですが、学園内で道に迷うなんてことはありえませんので、お気になさらないでください」

「まぁ、それについては諦めろって。それに、俺もあいつの気持ち少しはわかるしなぁ……」

なんて、少し気になることをカイン様が口にする。

殿下の気持ちとは、と気になるものの、それを私が聞くのは良くないだろう。

そう思い、忘れることにした。

「遅くなり、申し訳ありません、殿下」

専用の部屋までくると、私はまず謝罪の言葉をかける。

一応、心配をさせてしまったようなので謝罪は必要であろうと考えたからだった。

「別に、いい。とにかく座れ。知っているかもしれないが、私はレオン・ブルーシュだ。レオンと呼んでくれ。で、こっちは……」

「カイン・フォンワードだ。よろしくな！　あっ、俺のことはカインでいいぜ！」

一応とはいえ、初対面だからと殿下が自己紹介を始め、それに倣《なら》うようにカイン様が自己紹介をする。

「ミアリア・シューヴェルです。よろしくお願いいたします……！」

「ミアリアの友人、リーフィア・リンケールと申します」

「エレノーア・エルスメアと申します。リーフィア様、このような形になってしまい、申し訳ありません。よろしければ私とも仲良くしてください」

「は、はい、こちらこそ！　その、よろしくお願いします」

リーフィア様に声をかけるものの、彼女も緊張しているのか、言葉が硬かった。変な力まで入っているようだ。

なぜ、それほど緊張するのか、と少し考え理解した。多分、殿下がいるからだろう。

「リーフィア様、そう緊張しなくとも大丈夫です。殿下といえど、今は同じ学園生ですもの。ここでは身分なんて関係ありませんから。それに殿下は、少々失礼なことをしたくらいで処罰するほど器の小さな方ではありませんわ。少々酷い方ですが、そのようなことをされる方ではないことは私が保証いたします」

リーフィア様を安心させるために、そう口にすると、殿下が視界の端でピクリと眉を動かした。

「……おい、待てエレノーア。お前は私のことを一体なんだと思っている！　酷いとはなんだ！私は何もしていないだろう！」

一番に思い出されるのは、やはり前世での記憶だ。

何度好きだと口にしても振ってさえくれず、ただただ期待だけしていた頃のこと。

そして、今もなお私の心を縛り付けていること。それを、酷いと言わずなんというのか。

「ご自身でお考えくださいませ、殿下」

これを、この気持ちを、この想いを殿下に伝えることなんてできない。

故に、私は笑顔で押しきった。

「……まぁ、いい。それと、エレノーア。私のことはレオンと呼べと何度言えばわかる。殿下はやめろ」

少し、拗ねたような表情を殿下は浮かべる。殿下のそんな表情を見たのは初めてだった。

けれど、それでも名前で呼ぶつもりはなかった。少なくとも、心の整理がつくまでは。

「覚えておきます。忘れていたら、申し訳ありません」

「毎回同じことしか言わないのか、お前は」

「まぁ、そこがエレノーアらしいよな。絶対に覚える気のないとことか」

それまで黙々と食べ続けていたカイン様がそこで口を挟む。

「お前はエレノーアに名前で呼ばれているではないか！　なぜ、私だけ……」

「ま、諦めろってレオン！」

悔しそうな殿下に対し、煽るようにカイン様が笑みを浮かべた。

そんなカイン様に殿下は諦めたように息を吐く。

「……はぁ。あぁ、そういえばエレノーア。次の休みは城へ来るのか？」

「はい。ミアも一緒にですが、その予定です。どうかなされたのですか？」

「……別に、なんでもない。にしても、ミアリア嬢も一緒なのか。珍しいな」

殿下が驚いたような表情をする。今まで一人だったのは、同じ文官志望の友人がいなかったからだった。そのせいか、登城するたび殿下とカイン様に押しかけられるのだが。

ミアは殿下に話しかけられ驚いたように目を見開く。

「は、はい！　ノア様にお誘いをいただき、ご一緒させていただくことになりました」

「リーフィア嬢は一緒ではないのか？」

「はい。私は、エレノーア様やミアのように文官を目指しているというわけではなく、我が侯爵家の商会を継ぐことを目指していますから。休日は商会で手伝いをしております」

そう口にするリーフィア様は誇らしそうだった。

もしかしたら、そんな彼女の力があったからこそミアは商会を立ち上げ、成功することができたのかもしれない。

「あぁ、ラリート商会の経営はリンケール侯爵家だったか。ラリート商会は良い品を扱っているからな。いつも世話になっている」

「ありがとうございます！　殿下にそう仰っていただきますと光栄です」

「そう、固くならないでくれ。レオンと呼ぶまで、とはいかずとももっと気楽に接してくれ」

少し、困ったように、かつ申し訳なさそうにそう告げる殿下にリーフィア様とミアは顔を見合わせ、少し不安げながらも頷いた。

昼休みも終わり、それぞれのクラスへ戻る直前、私はリーフィア様に呼び止められた。

「どうしましたか、リーフィア様？」

「エレノーア様、どうかよろしければ私のことはフィアとお呼びください。ミアも、そう呼びますから……」

「では、フィアと呼ばせていただきますね。私のことも、ノアと呼んでください。今度は三人でゆっくりお話ししましょう？」

「はい！　ありがとうございます、ノア様」

ミアもフィアも嬉しそうにしているが、やはり、私の名前を様付けするのはやめてもらえないらしい。

背後で殿下がじっとこちらを見つめているが、気にしないでおこう。殿下に愛称呼びを許すつもりは、少なくとも今はないのだ。

「ミアもフィアも、様は付けなくても良いのですよ？　それに、言葉使いも普段と同じようにしてください。お友達ですもの。堅苦しいのはやめましょう？」

「ノアがそう言うなら、普段通りにするわね」

と、フィアの方は順応力が高いらしい。対してミアは、まだ迷っているらしかった。

「ほら、ミアも。ノアがこう言っているんだから、逆に失礼になるわよ」

「そ、そうだね！　じゃ、じゃあ、ノアって呼ばせていただき……。呼ぶね」

「はい！」

フィアの後押しもあってか、ミアは恐る恐るではあるものの、承諾してくれた。

「じゃあ、ノアも。ノアだって、普段通りってわけじゃないんでしょ？　だったら、ノアもいつも通りに接してよね！」

なんてことをフィアに言われる。確かに、二人に強制しておきながら自分は、というのも変だろう。それに、友人なのだからこれくらいは……

「なら、そうさせてもらうわね。改めて、よろしくねフィア、ミア」

「ええ、よろしくノア！」

「よろしくね、ノア」

フィアとミア、二人と本当の意味での友人になれた気がした。

ただ、少しだけ思うのは、ユリア様のことだ。

私がこの二人と友人になったことで、ユリア様の居場所を奪ってしまっていないだろうか。そして、それによって殿下との関係を邪魔していないかという心配だ。

「ちょっと待て、エレノーア。私に対しては何もないのか！　愛称呼びを許すだとか、その口調をやめるだとか……」

「申し訳ありません、殿下。そろそろ時間になりますので、お先に失礼させていただきます」

殿下が愛称呼びやら口調のことやらで何か言っているが、気にせずに断り、教室へと歩き出す。

そんな私と殿下のやり取りで、カイン様が笑っているが、気にする必要はないだろう。

「カイン、お前だって許されていないだろう！」

「あー、俺はまあ。別に気にしてねぇしな。レオンくらいじゃねぇの？　そんなに、呼び方を気にしてるの」

「……仲の良い友人のようで、羨ましいだろう」

少しだけ、恥ずかしそうに殿下が口にする。

それに驚いたのは前を歩いていた私だけでなく、カイン様やフィア、ミアも同じだった。

「な、なんだ。忘れろ！　早く戻るぞ！」

照れ隠しのように顔を背け、教室へ戻る殿下に、少しだけ申し訳なく感じた。

殿下たちと共に昼食をとったその日の夜、私は殿下の言葉が頭から離れずにいた。

『仲の良い友人』それは、本来私が望んでいたはずのものだった。

なのになぜ、私はまだ過去に囚われたままなのだろう。

まだ、私の奥には殿下への想いが燻《くすぶ》っていて、諦めきれていないのだろうか。

だから、こんなにもその言葉を受け入れられずにいるとしたら……？

「……本当の意味で、殿下の友人になれる日が私にくるのかしら」

少なくとも、こうして殿下のことを想ってばかりいるうちは無理だろう。

いっそのこと、全て忘れられたら。

そう考えて、やめる。

今の私は、前世でのことがあったからこその姿なのだ。きっと、記憶を失ったところで、また前世の時と同じような過ちを繰り返すだけだろう。

そして何より、私の前世での行いは、到底許されるべきものではないのだ。

たとえその行いがなかったことになっていても、私は死ぬまで抱えて生きていかなければならない。それが、今世の私にできる、犯した罪に対する贖罪だ。

「……一人だけいたわね。私を止めようとしてくれていた人が」

罪を犯す前、犯した後も私を止めようとしてくれていた人が傍にいたのを思い出す。

ただ一人私を信じ、庇ってくれた。それが、いつの頃からだったか姿を見せなくなった。

私の前からだけではなく、学園からも消えたのだ。

「……彼は、なぜ消えてしまったのかしら。今世では、彼と友人になれるかしら？」

前世で迷惑ばかりをかけてしまったけれど、彼と、今度は友人に。

確か、彼が気に入っていた場所が学園にあったはずだ。あの場所は……


次の日、私は少しだけ早めに屋敷を出た。サーニャに怪しまれたものの、読みたい本があるのだと言えば納得してくれた。呆れたような視線を向けられはしたが。

本当の目的はもちろん、昨夜思い出した彼に会うためだった。いつもよりも少し早めに学園に着くと、荷物を教室に置き、彼を探しに向かった。多分、今日もあの場所にいるだろう、と予測をつけて。

そしてその場所、学園の図書館の裏へと来ると、やはり彼はいた。壁によりかかり、何を考えているのか空を見上げて。

「……珍しいですね。この場所に人が来るだなんて。誰も来ないと思っていたのですが、どうやら予想が外れたようです」

私を見ると少しだけ驚いたような顔をして、彼は前世と全く同じ言葉を口にした。

「……あの有名な、エルスメア公爵家のご令嬢がなぜこのような人のいない場所に？　私の勝手な主観ではありますが、あなたはこのような場所に来るような方だとはとても思えないのですが」

「誰もいないところで少し、休みたかったのです。私はどうしても目立ってしまうようですから。お邪魔してしまったのでしたら申し訳ありません」

「……いえ。一つ、聞かせてくれませんか？　あなたの噂は聞いていますが、なぜ、文官になろうと？　公爵家の令嬢であれば、文官になる必要などないはずですが。本来であれば、殿下の婚約者になるあなたが、それを断ってまで文官を目指す理由はなんですか？」

彼は、迷いのある瞳で私を見つめてくる。

そんな彼が、少し珍しく感じるのはきっと私が前世の迷いのない彼しか知らないからだろう。迷いなく選択し、突き進む彼の姿を知っているからこそ、違和感があった。

「たしかに、文官になる必要があるかないかと言われれば、答えは否でしょう。ですが、民のためになにかしたいと思うのはおかしなことでしょうか？　私は、私とこの国に住む人々のために、文官を目指すのです」

「自分と民のため、ですか。面白い考え方ですね。貴族といえば自分のために、という考えを持つ方が普通ですが。あなたは、ずいぶんと変わった方のようだ」

彼は、そう言って少しだけ笑みを浮かべた。優しく、他人を落ち着かせるような笑みを。

「変わった方だなんて、そのようなことはないかと思いますが……。申し遅れました。私、エレノーア・エルスメアと申します。エレノーアとお呼びください」

「私はルイス、ルイス・バートンです。ルイスと呼んでください。エレノーア嬢、あなたとは良い友人になれそうです」

◇◆◇

ルイス様と会った日の夜、私は懐かしい夢をみた。

「エレノーア、あなたは馬鹿なのですか！　あのような誘いに乗るなど、嵌めてくれとでも言っているようなものではありませんか！　なぜ、それをわかっていながら行ったのです！　このままでは、このままではあなたが……」

ルイス様は、私を見つけるや否や詰め寄ってくる。その顔はいつになく真剣で、悲しげだった。

「……意外ですね。あなたは、私など興味がないと思っていましたのに、そんな忠告をなさるだなんて。ダメではありませんか。あなたは、殿下の側近となる方なのですから」

「心配するに決まっているでしょう。あなたは、殿下の側近となるのは関係ありません。ですが、私にはあなたがどれだけの覚悟を持って行動しているのかはわかりません。……エレノーア、私」

「覚悟だなんて何も。間違っているとわかっています。ですがそれでも！　ほんの少しでいい、ユリア様に向けるその瞳を、想いを、私にも向けてほしいのです」

そう口にした私へ向けるルイス様の瞳は苦しげで、何かを口にしようとして、やめた。

そんなルイス様を見ながら、私はさらに言葉を続ける。

「これ以上、ユリア様に何も奪われたくはないのです。私の欲しかったものを手に入れ、私の婚約者を奪ったあの方が、私は憎いと思ってしまった。その上、まだ私の居場所を奪おうとするあの方に負けたくはありませんから」

「なら、ならばなぜ！　あなたはそんな苦しそうなのですか！　なぜ彼女よりあなたの方が、そんなにも辛そうなのですか。このままではエレノーア、あなたが」

そう言われてようやく、自分が涙を流していることに気付いた。

決して人前では泣かないと決め、作り上げた壁が、壊されたのだと気付いた。

だが、私が行動をするたびに彼女に何かを奪われる。それが、良いことであっても、悪いことであっても。それが私の心を壊そうとしている、その元凶であった。

だからこそ認めない。認められないのだ。

「……全て、私のせいなのですって。彼女に何かあれば私のせい。私が何もしていなくても、私が悪いことにされるのです。最初の頃は、レオン様の気持ちが最後に戻ってくるのなら……。戻ってこなくとも、彼が幸せになれるならば、潔く身を引こうと思っていたのです。ですが……！」

ただただ、悔しかった。苦しかった。

私がレオン様と共にあるために、積み重ねてきた全てが否定されたようで辛かった。

「私は何もしていなかったのに！　なぜ、私が全てやったことになっているのでしょう。レオン様は、なぜ私を信じようとはしてくださらないのでしょう。なぜ、何もしていない私が悪となり、レオン様に軽蔑の目を向けられなければならないのでしょうか！」

ずっと、あの方の隣にいるために頑張ってきたはずだった。あの方の隣に立つために、幼い頃から王妃教育を受け、あの方の隣で支えるために、誰よりも努力をしてきたつもりだった。

それなのに、レオン様は私を信じてさえくれなかった。

多分、その時だっただろう。私の奥で、何かが壊れたのは。

「私が何をしたと言うのです！　私は、ただレオン様の幸福を願っていただけだというのになぜ、悪とされなければならないのでしょう。何もせず悪とされるのなら、私は、私は……！」

そして、私は壊れてしまった。悔しくて、苦しくて、そんな思いから逃げるように罪を犯した。

それが間違っているとわかっていても止められなかった。何もしていなくても悪とされるのならば、いっそのこと本当に悪となろうと。

「……エレノーア。あなたが好きなのが、レオン殿下ではなく……」

そこで、私は目を覚ました。

「……懐かしい夢ね。今さら、あんな夢を見るだなんて思わなかったわ。ルイス様と会ったからかしら？　……でも、あの時、ルイス様は最後になんて言ったのかしら？」

それだけが、思い出せなかった。あの後、ルイス様がなんと言ったのか。

ただ、覚えているのは、あれから少ししてルイス様が学校を去ったということ。

その理由が、あの時の会話にあったような気がしてならなかった。

第二章　職場見学

「お嬢様、ご友人の方がお見えになられました」

「えぇ、ありがとう。すぐに行くわ」

今日は、ミアと共に王宮へ見学へと向かう日だった。

ミアの待つ部屋へ向かうと、ミアはかなり緊張した様子でソファに座っていた。

「ミア、そんな緊張しなくても良いのよ？」

「そんなこと言われても公爵家にお邪魔するなんて、緊張するに決まってるよ……！　そ、それに王宮だって。私なんかがお邪魔しちゃって、本当に良いのかな……」

『私なんか』と言って自分を卑下するのは、ミアの悪い癖だ。

「もう、ミアったら……。そうやって自分を卑下するのは良くないわよ？　それは、ミアを認めている人に対しても失礼だもの。つい出てしまうのはわかるけれど、少しずつ直しましょう？」

「う、うん……。そうだね、これから気をつけるね。ありがとうノア」

ミアの笑顔につられるように、私も笑う。

そんな些細なことが、幸せだと感じる。……背後から、変な声が聞こえてこなければ。

「う、ううっ……」

「……サーニャ、あなたはなぜ泣いているのかしら？」

サーニャの泣き声のせいで、雰囲気がぶち壊しだった。

……まぁ、それはいいとして、本当になぜサーニャは泣いているのか。

「うぅ……。だ、だって、あのお嬢様がぁぁぁ……。文官にしか興味のないと思っていたあのエレノーアお嬢様に、お友達ができただなんて、嬉しすぎて……」

なぜ、私に友人ができただけで嬉し泣きをするのだろうか。しかも、サーニャが。

全くもって理解できない。だが、それでも一つだけわかることがある。

私がサーニャを心配させていたということ。そして、サーニャが私を想ってくれているということ。

そう思うと、胸の奥がジンと温かくなるのを感じた。呆れもあるが。

「……もう、仕方ないわねサーニャったら。ほら、早く泣きやんでちょうだい」

「うぅっ……。ありがとうございます、お嬢様ぁ……」

ハンカチを渡すものの、なぜかサーニャの涙は止まる気配すら感じない。

本当に、仕方のない専属侍女だ。

「こんなところを見せてしまってごめんなさい、ミア。行きましょうか」

「あっ！　ううん、全然！　あの人、サーニャさんだっけ？　ノア想いの良いメイドさんだね。

だってノアのことが好きなのがすごく伝わってきたもの」

ミアは、あのサーニャの涙を見てそう感じたらしい。

「それに、ノアもあのメイドさんのことすごく信用してるのがよくわかるもの。お互いに信頼してるんだね。そういう主従関係って、とっても憧れるなぁ……」

さりげないミアの一言に私は思わず足を止めた。私は、サーニャとちゃんと信頼関係を結べているのだろうか。確かに、私はサーニャのことを信用している。だって、前世のことがあるのだから。前世でどれだけ言っても、サーニャは最後、私が牢に入れられるまで、ずっと仕えてくれた。それがあったからこそ、私はサーニャを信じている。

だが、サーニャは。サーニャはなぜ、私を……

「ノア……？」

「ごめんなさい、なんでもないわ。さ、早く行きましょうか」

急に足を止めた私を心配そうに見つめるミアに、我に返った私は、足早に馬車を目指した。


王宮のお父様の仕事場へお邪魔すると、お父様の下で働いている人たちが私に声をかけてくる。

「おっ、ノアちゃんじゃん。いらっしゃい。あれ、隣の子は友達？」

「お、ま、え、は！　その軽薄な態度を改めろと何度言えばわかるんだ！　……エレノーア嬢、お久しぶりです。お見苦しいものをお見せしてしまい、申し訳ございません。ご友人の方も、ようこそいらっしゃいました。案内は誰かお付けいたしますか？」

軽薄な態度と言われ、殴られたのがミハイル、殴った礼儀正しいのがリアンという名の文官だ。どちらもお父様についている。

屋敷へ来ることもあり、そのため、私とも小さな頃から面識があった。特に、王宮で見学するようになってからは関わることが増えた気がする。

「お気になさらないでください。こちらは、私の友人で外交官を目指しているミアです」

「ミアリア・シューヴェルです。よろしくお願いいたします……！」

「これはご丁寧に。私はエレノーア嬢のお父上、ルーラス様付きの文官をさせていただいております、リアン・エイレアと申します。コレは……」

「ミハイル・シーハット。何分、平民上がりなんで口調やら礼儀作法やらは勘弁願いたい。ってなわけで、よろしくなミアリア嬢ちゃん」

「だから、お前は何度言えばわかる！」

この二人、特にリアンは昔から相変わらず、ミハイルに対して怒ってばかりだ。

だが、ミハイルの態度はともかく、仕事はできるからかリアンも若干諦めているようだ。

「ミアリア嬢、ミハイルが申し訳ございません。コイツには後でよく、よーく言い聞かせておきますので……」

「い、いえ！　お気になさらないでください！」

「ほら、ミアリア嬢ちゃんもこう言ってるんだし、リアンもそう怒るなっての。な、ノアちゃん」

ミハイルの言葉に、私はただ苦笑で返す。

ミアはといえば二人の様子、特にミハイルに対し戸惑っているようではあったが、そこまで気にしている様子はなかった。

「リアン、そういやこれからあの爺さんのとこに行くんだろ。ノアちゃんとミアリア嬢ちゃんは俺が案内するからさっさと行ってこいよ」

「……仕方ない、か。申し訳ございません、エレノーア嬢、ミアリア嬢。私は仕事があるのでこれで失礼させていただきます。これからの案内はミハイルに任せます。もし、コレが何かやらかすようでしたら近くの衛兵に突き出してもらって結構ですので」

「ミハイル様を信用していますから。リアン様、お仕事をお邪魔してしまい申し訳ございませんでした」

私が謝罪の言葉をかけると、ミアが後ろで頭を下げるのが視界の端に入った。

「……エレノーア嬢がそう仰るのでしたら。ミハイル、くれぐれも！　くれぐれも、失礼のないようにしろ。いいな？」

「はいはい、わかってるって」

「……はぁ。お前ほど信用できない奴はいないのだが仕方ない。申し訳ございませんが、私は失礼させていただきます」

リアンはそう言って、ミハイルを睨みつけてから仕事へ戻っていった。残された私たちは、ミハイルに目をやる。

「あー、じゃあどっか行きたいとことかある？　どこでも案内するよー」

「えっと……」

「では、外交官の方のところへお願いできますか？　ミアは外交官を志望していますし、私もまだ見学できていませんでしたから」

「あー、了解！　多分、大丈夫だとは思うけど一応注意な。アイツら一癖も二癖もある奴らばっかだから。特に、ピンク頭の奴には近付くな。アレはトクベツだから。ま、騎士団担当官だから会うことはないか」

私たちはその言葉に不安を煽られながら、外交官の仕事場へと向かう。

その途中、ミハイルがおさらいとでもいうように問いかけてくる。

「ノアちゃんはいいとして、ミアリア嬢ちゃんもいるし一応説明な。主に文官って一括りにされてるが、仕事は区切られてる。そこまではオーケー？」

「は、はい！　えっと、他国との外交を担当する外交官、国の財政を担当する財務官、法律を担当する法務官、それらをまとめ、宰相を補佐する補佐官、陛下を補佐する宰相、ですよね？」

ミハイルの言葉に、ミアが答える。ミアが目指しているのは外交官。そして私が目指しているのは、補佐官だ。

宰相は王を補佐するという立場上、外交、財政、法律、それら全ての仕事ができることを求められる。そしてそんな宰相の負担を軽減し、支え、時には宰相の代わりとなるのが補佐官だ。

「そ！　まぁ、一つ特殊な部署もあるけどな」

「騎士官、ですね」

「ノアちゃん正解！　騎士官の担当は騎士団に関すること全部！　ちょっと前まではなかったんだぜ？　けど、騎士団にまともに書類書ける奴がいなくて新しくできたんだよ。それまでは騎士団からの報告書なんか、書式はばらばら、字は読めないで大変だったんだ」

騎士官は本当に最近できたばかりの部署だ。文官たちからの苦情が多く、仕方なく扱いに困っていた数人の文官を騎士団専属の文官とした。

おかげで一部の部署では残業が減ったらしい。お父様も騎士団からの書類には頭を抱えていたが、この騎士官ができてからはその光景はあまり見ていない。

「騎士官はマジで不人気な部署だし、変な奴多いからおすすめはしない。外交官も結構変な奴多いけど、騎士官はそれ以上な。あそこ、一人バケモ……トクベツなのいるし」

ミハイルにそこまで言わせる騎士官の職場も気になるが、そんな騎士官と比べられる外交官もどうなのだろうかと、不安を抱く。

それはミアも同じだったのか、どこか不安そう見える。

「そ、そんなにですか？　外交官も変わり者って……」

「ま、それは行ってからのお楽しみ、ってことで！　もうすぐ着くし。……あ、やっべ言い忘れてた」

ミハイルが何かを思い出したのか、足を止め私たちを見る。

「簡単な注意な。今から行く外交官の職場だが、多分足の踏み場がない。そのくせ、ものを踏みつけると奴らはキレる！　マジで面倒な職場だから気を付けてくれ」

そんなミハイルの言葉に不安が募る。それほどまでに忙しい職場なのだろうか。そんな職場に私たちがお邪魔してしまっていいのだろうか。

そんなことを考えていると、ミハイルは再び歩き出した。

「ほい、到着！　ここが外交官の職場って奴だな。さて、邪魔するぜ」

ミハイルに連れられ、外交官の職場に辿り着いた私たちだったが、ただただ圧倒されていた。

その、扉を開けた先の異常と言うべき空間に。

私が今まで見てきた職場とは全く違う、異色の職場としか言いようがなかった。

「これは……」

そこには、私が想像していたような書類の山……。ではなく、様々なものが散らかっていた。

人形や、隣国の城のような模型、木の枝、壺と様々だ。

だが、国内で見たことのないものばかりでもある。

「うわっ……。また酷くなってるじゃんか。なんだよ、この気味悪い人形？」

ミハイルが足元に落ちていた人形に触ろうとすると、奥から怒鳴り声が飛んでくる。

「触るな！　それは、シアレイ皇国の神聖なる人形だぞ！」

「知るか！　またこんなもん買ってきやがって、阿呆か！　ってか、仕事場にこんなモノ持ってくるんじゃねぇ！」

珍しく、ミハイルの方が正論だった。

「仕方ないだろう！　家に置くと怒られるのだから！」

その答えを聞いたミハイルはその問題の人形を頭から掴むと、問答無用で外に放り捨てた。

「あぁぁぁぁぁ！　私の、私の人形がぁぁぁぁぁ！　貴様許さんぞ！」

「なら持ってくるな！　それ以前に買ってくるんじゃねぇ！」

そして、その人形の持ち主であろう人物は、ミハイルを睨みつけながら人形を探しに外へと出ていった。

「……ずいぶんと、その、個性的な方ですね？」

「ほ、ほかの方々もってことはないですよね……？」

私とミアは少しばかり……。いや、かなり大きな不安を抱きつつ、僅かな希望をもって問いかける。そう、せめて、あれ以上の人はいないだろう、と。だが。

「残念ながら、あれでもだいぶマシな部類なんだわ。一番やべぇのはさっき言ったピンク頭な。ま、この部署ではないけど。ほかは、まぁそのうちわかるだろ。とりあえず、ゴミ掃除からだな……」

珍しく、ミハイルはうんざりとした様子を見せる。そしてどこからか袋を取り出し、片っ端から床にあるものを入れていく。そのたびにどこからか、「あぁ……！」「それは……！」などと惜しむような声が聞こえてくるのは気のせいだろう。

「あぁぁぁぁぁ……！　俺の、俺のキリアハシュレーヌが！」

……今、なんと言ったのだろうか。

「キリア……。なんでしょう？」

「お前……。またか！　キリアハシュレーヌ何代目だ！　行くたびに買ってくんじゃねぇ！」

「失礼な！　この子は十九代目だ！　それに、買ってきたんじゃない。心優しい人から貰ったんだ！　金貨三枚でな！」

十九代目ということは、それ以前は全て捨てられてきたのだろうか。それはそれで可哀想だ。にしても、それだけ集めるというのもある意味ではすごい。

「それは貰ったんじゃねぇ、買ったって言うんだ！　この阿呆が！」

「いやぁぁぁぁぁぁぁぁぁぁぁ！　俺のキリアハシュレーヌがぁぁぁ！」

そんなやり取りに、思わず頭を抱えたくなる。

お父様はよく、この文官たちをまとめているものだと心の底から思う。

「ねぇ、ノア……。どうしよう。わ、私、本当に外交官になったとして、ここでやっていけるのかな……？」

ミアが涙目になっている。わからなくもない。

私も、私の目指している職場の人たちがコレだったならば、不安を抱かずにはいられなかっただろうし、目指すのを辞めていたかもしれない。

それほどまでに、酷かった。ここにいるということは、当然仕事はできるのだろうが……

「頼む、頼むから……。頼むから私のマリーは返してくれ……」

「おい、自分ばかりズルいぞ！　それならミハイル！　俺のリアンヌを返せ！」

「俺も！」

「私もだ！　金ならいくらでも積む！」

ミハイルに縋り付く成人男性たちの図に、思うところがないはずがない。

それにしても、この人たちは仕事をやらなくてもいいのだろうか。

それからようやく仕事に戻っていく……、かと思えば、違った。酷く落胆した様子ではあるが――

「帰るか」

「そうだな、帰ろう」

「マリーのいない職場なんて……」

「はぁ、俺のキリアハシュレーヌ」

などと言い出したのだ。……本当に、なんなのだろうかこの職場は。

「ん？　ところでミハイル、その二人は……」

「おぉ、そう言えば！　見慣れないな」

「誰だ？」

「どこかの令嬢か？」

肩を落としていた男性たちはようやく、私とミアの存在に気付いたらしく、ミハイルを問い詰めている。

色々言いたいことはあるが、これは酷すぎはしないだろうか。

「ご挨拶が遅れてしまい申しわけございません。ルーラス・エルスメアの娘、エレノーア・エルスメアと申します。こちらは、私の友人で外交官志望の……」

「ミアリア・シューヴェルと申します」

私たちが挨拶をすると、外交官の方々は固まってしまった。

私の方を見ているあたり、何かしら思い当たるのだろう。

「あーあ、だから言ったんだけどなぁ。片付けとけって」

というミハイルの言葉で時が動き出したようで、皆一斉に頭を下げた。

「ひぇっ……」

なんて声を出すほどにミアが怯えていた。……まぁ、気持ちはわかる。

私だってこの変わりようにはさすがに引くし、恐怖を感じるくらいだ。

「も、ももも、申しわけありませんでした！　どうか、どうかルーラス様には！」

「お願いいたします！　ルーラス様には内密にしていただければと……！」

「ルーラス様にだけは……」

「ルーラス様には……」

お父様に言わないでもらえないか、と懇願される。どうやら、このことはお父様はご存じではないようだ。お父様に報告してもいいが……と、横目にミアを見て、やめる。

私がお父様に報告したことでミアの印象が少しでも悪くなったりするのは嫌だし、何よりここでのことを言ったところで、と思ったのだ。

それにミハイルが報告していないことを私が報告するのは違うような気がした。

「皆様、お願いですから頭を上げてください。お父様には言いませんから。それより……。もし、お時間があるようでしたら、皆様の仕事について色々とお話を聞かせていただけませんか？」

私の言葉を聞いた外交官の皆様が顔を上げ、少し不安そうにしつつ、ミハイルを窺った。多分、ミハイルがお父様に言わないかを心配しているのだろう。

「ミハイル様、お父様には……」

「ま、俺はノアちゃんの意思に従うから。ノアちゃんがそれで良いってなら俺も言わないよ。今日の俺は、ただの案内人でルーラス様とは関係ないしな」

秘密にしてもらえるらしい。そのミハイルの言葉で、外交官の人たちが安心したように胸を撫で下ろしていた。

……なぜ、ミハイルだけの時は良くて私たちがいる時はそんなにも心配そうにしているのかはわからないがまあ、とりあえず、これで話は聞けそうだ。

「ノアちゃん、ミアリア嬢ちゃん。こんな奴らだけど、一応仕事はできるから」

「一応とは失礼な！」

「仕事はちゃんと終わらせているだろう！」

「なんならお前の仕事だって手伝っているだろう！」

今、聞き捨てならぬことを聞いたような気がする。

「……ミハイル様？」

「いやー。ほら、やっぱどうしても人手が必要って時あんじゃん？　だから、その時だけちょっと手を借りてるだけだって」

言い訳じみた言葉に、私は思わずため息をついた。

「失礼します。エレノーア嬢、ミアリア嬢、この馬鹿や外交官たちがなにか失礼なことをいたしませんでしたか？」

リアンは仕事が一段落着いたようで、こちらに顔を出しにきたようだった。どうやら、ミハイルが何かやらかしていないか不安だったらしい。そこに外交官の方々が入るのは、あの光景を見てしまえば納得ではある。

「えぇ、とても良くしていただきました。リアン様がご心配なさることはありませんのでご安心ください。そうよね、ミア」

「は、はい！　お話もとても面白かったですし、勉強になりました！」

「酷くね？　俺だって、そう毎回毎回やらかしてるわけじゃねぇっての。お前も少しくらい俺のことを信用してくれても」

「そうですか。でしたら良いのですが……。それはそうと、いつからここは雑貨屋になったのです？　そもそも、私物の持ち込みは仕事に関係のある一部を除き、制限されているはずなのですが。にもかかわらず、これは一体どういうことなのか、もちろんご説明いただけますよね？　ミハイル、お前もだ。なぜ、何も報告がない。この様子では、前々からだろう。大体お前はだな……」

リアンが説教モードに入ったようで、笑顔を貼り付けながらも目に怒りが込められている。ミハイルはそれに慣れているのか、気にする様子はない。

「リアン様、その辺にしてあげてください。ミハイル様もわざと、というわけではないようですし。外交官の皆様も反省していらっしゃるようですから」

「そう、ですね。今はこの程度にしておきましょう。あぁ、外交官の方々は私物は持ち帰るようにお願いします。持ち帰っていなかった場合、即刻処分しますのでそのつもりで。エレノーア嬢、ミアリア嬢、お見苦しいところをお見せしてしまい、申し訳ございません」

リアンは、私たちの前だと思い出したらしい。ただ、ミハイルを牽制するように睨むのは忘れていないようで、やはり、ミハイルにだけは特別厳しいらしい。

「ったく、リアン。なにしに来たんだよ」

「お前を見張りに来たんだ。お前は仕事はともかく、礼儀作法に関してだけは全く信用できないからな」

「うっわ、はっきり言いやがったコイツ。俺、そんな信用ないか？」

顔を顰《しか》めたミハイルに対し、リアンは満面の笑みだ。

対照的な表情だが、それが二人の仲の良さを窺わせる。

「お二人は、仲が良いのですね」

ミアも私と同じことを思ったようで、微笑ましいとでも言うように、口にした。

「……失礼しました」

「まあな」

苦虫を噛み潰したような表情を浮かべるリアンだが、どこか恥ずかしそうにも見えるのが不思議だ。

それを、ミハイルが楽しんでいるのだからタチが悪い。

「あっれれ、ずいぶんと騒がしいと思って来てみれば、珍しい人がいるじゃないのよ」

少し離れた扉からひょこっと顔を出したのは、ふわっとしたピンクの髪が特徴の人物だった。

声を聞く限りでは男性のようだが、見た目はとても可愛らしい少女だ。

「げっ！　出やがったな、ピンク頭！」

「あんたねぇ、毎回毎回人のことをピンク頭って！　私にはレイナって立派な名前があるのよ。いい加減覚えなさいよね」

少女？　レイナがこちらに近付いてくるが、少々……。いや、かなり、インパクトがあった。レイナの可愛らしい顔とは裏腹に、鍛え上げられた足や腕の筋力。そしてなにより、ピンク色の短い丈のドレスのせいでそのアンバランスさが余計に目立つのだ。

内心を決して表面に出さず、笑顔で礼をとる。

「レイナ様、初めまして。ルーラス・エルスメアの娘、エレノーア・エルスメアと申します」

「私はミアリア・シューヴェルと申します。ノアと同じく学園に通っています。よろしくお願いします」

「エルスメア……？　へぇ、あなたがあの有名なエレノーア様ね！　それに、シューヴェル家のご令嬢だなんて。珍しいお客様ね。私のことはレイナと呼んでもらえると嬉しいわ。これでも一応、騎士団の裏方で事務仕事しているのよ。騎士官ってやつね。また今度機会があれば、見学に来てちょうだい。あなたたちのような可愛い子ならいつでも歓迎するわ」

「あの、失礼ですが、レイナさんの性別は……」

おずおずと私が尋ねると、ミハイルやリアン、外務官の皆様も遠い目をした。

「正真正銘、女よ」

「男だ」

レイナさんとミハイルが同時に答える。……なんとなく、理解はしていたが、やはりそうらしい。

「もう、いやねー。私は女だって、何度言ったらわかるのかしらこのおバカは」

「嘘をつくな、嘘を！　お前は男だろうが！」

ミハイルはレイナさんをヤバいとか言っていたが、そこまでヤバいというわけでもなさそうだ。見た目の印象はすごいが。

「ふんっ！」

レイナさんが、いきなり図太い声を出し、何かを投げた。

「やーだ、もう。虫がいるじゃないのよ。私、虫って苦手なのよねぇ」

レイナさんが何かを投げた方を見ると、ナイフが壁に突き刺さっていた。……虫と共に。

前言を撤回しよう。確かに、レイナさんはヤバそうだ。色々な意味で。

レイナさんも加え、ミハイルやリアンとも会話を楽しんでいると、不意に外交官たちがザワついた。その視線の先を見ると、お父様がいた。

「ノア、ミアリア嬢」

「お邪魔させていただいています」

ミアはお父様に気付き、慌てて礼をとる。

「ミアリア嬢、そう畏まらなくて良い。娘の友人となってくれたこと、感謝する。ノアは文官のことばかりで周りのことなど気にしないから大変だろう」

どうやら、私はお父様をずいぶんと心配させてしまっていたらしかった。

「いえ！　確かに、ノアは文官のことになると周りを見なくなりますが……。ですが、それを含めてノアだと思っています。何より、誰かの、民のためにと頑張るノアが私は大好きですから！」

笑顔で言ってくれるミアに私の方が照れそうになってしまうのは仕方のないことだろう。このようなことを言われ、平然としていられるはずがない。

ミアは自覚がないようで、それがまたタチが悪い。

「……ノア、良い友人を持ったな」

お父様が自然と、私の頭に手を伸ばす。前世ではありえなかった行動だが、今ではわりとよくある。そんな変化が、とても嬉しく感じる。

「はい、お父様。ミアと友人になれて、本当に良かったです」

私が笑うと、お父様もわかりにくいが、少しだけ表情を和らげた。

「ノア、ミアリア嬢、昼食はまだなのだろう。あの小ぞ……。殿下がまだかと騒いでいた」

お父様が苦虫を噛み潰したような表情で殿下の様子を教えてくれた。その際、殿下のことを小僧と言いかけたのは聞かなかったことにしておこう。

あのお父様がそのようなことを言うはずがない。きっと聞き間違えか何かだろう。

「わかりました。では、失礼させていただきます。お邪魔してしまい、申し訳ありません。ミア、行きましょう？」

「はい！　あ、えっと……。お邪魔しました！　失礼します」

私はミアに声をかけ、いつもの場所へと向かう。いつからか、王宮に来るたびに昼食を共にとるようになった頃からずっと変わらない場所だ。

文官たちの働く場所からわりと近い、庭園を抜けたところ。そこでいつも、私たちは昼食をとっていた。

「わぁ……。すごい、綺麗……。さすが王宮って感じがするもん」

「ここを管理しているのは王女殿下なの。リリーシア様自ら、毎日ここに来て花たちのお世話をしているのよ」

殿下の妹である、リリーシア王女殿下はお優しい方だ。こうして一人で庭園の世話をするくらいには花好きだ。そして何より、私の大切な友人の一人でもある。

「え！　こんな広い場所を一人で……？」

「ええ。今日はどうかわからないけれど、たまにリリーシア様も昼食を一緒にとるのよ？」

「私、王女殿下って夜会で少しお話したことしかないけど、大丈夫かな……？」

どうやら、私は、ミアの不安を煽ってしまったらしかった。

話していると王女殿下がいらっしゃった。

「ノア！　久しぶりね。もう、全然来てくれないんだもの！」

「お久しぶりです、リリーシア様。なかなか来られず申し訳ありません」

とはいえ、一か月ぶりくらいだ。私が来られなかったり、リリーシア様が来られなかったりでそれだけ間が空いてしまったのだ。

「あら、そちらの方は？」

リリーシア様がミアに気付いたようだ。ミアは緊張していたが、リリーシア様は気にせずにミアに近寄った。

「ノアの友人の、ミアリア・シューヴェルと申します」

「リリーシアよ。ノアの……。ということは、あなたも文官志望？」

「は、はい！　外交官になりたくて……」

外交官という言葉に、リリーシア様は固まった。それもそうだろう。

リリーシア様は当然王宮育ちだ。そのため、外交官たちの変わり者具合をよく知っている。

「もう、見てきたの？　大丈夫だった？」

「えぇ。先ほどまで、ミアと外交官の皆さんの職場を見学に行っておりました」

「個性的な方々でしたが、他国のことなども教えていただき、とても楽しかったです」

色々問題しか起こしていないようにも見えたが、あれでも一応仕事の説明はしてくれていた。かなり、あっさりだったたが。あとは、他国の文化や特産品などを色々教えてもらった。

「そう……。ならいいのだけれど。くれぐれも、気をつけてね？」

リリーシア様はやはり心配そうにミアを見ている。

それだけ外交官たちが変わっているのだ。

「シア、二人を立たせたままでいるんじゃない。二人も席に着くといい」

そこで声を上げたのは、リリーシア様から少し遅れてきた殿下だった。

その声に、リリーシア様は少し膨れたものの、私たちを席へと案内した。

「もう、お兄様もお話にまざりたかっただけでしょう。少しくらいいいじゃない」

「なっ……。ちょっと待て、私はただ……」

「ノア、ミアリア、お兄様は放っておいて早く食べましょう」

リリーシア様は殿下の言葉を遮り、私たちに告げる。

それに殿下は苦虫を噛み潰したような表情を見せるが、私とリリーシア様は全く気にしていなかった。気にしてるのはミアだけだろう。

殿下の背後に立つカインが苦笑しながら言う。

「シアはもうちょいレオンに優しくしてやれって。レオンも浮かれてたんだからよ」

「なっ！　私は浮かれてなどいない！　変なことを言うな、カイン！」

慌てて殿下がカインを止めるが、もう遅い。

私は多少驚いただけだったが、カインはニヤニヤと笑っていた。リリーシア様は膨れている。

「嫌よ。だって、お兄様ばかりズルいじゃない。私だって、ノアとお話ししたいのに自分ばかり。

お兄様は学園で会えるのだから、王宮にいる時くらい、私に譲ってくれてもいいでしょう？」

リリーシア様は来年度学園に入学する。そのため、今は会う機会が少ない。

……同学年だったのが、リリーシア様だったら良かったのに。なんてことを、少しだけ考えていると殿下に話を振られる。

「二人は、先ほどまでは外交官たちの仕事場を見てきたのだろう。午後はどうするつもりなんだ？」

殿下からの問いに、私とミアは顔を見合わせた。

「何も決まっていないのなら、私の部屋にこない？」

「リリーシア様のお部屋に、ですか？」

「でも……」

リリーシア様の提案に、私とミアは戸惑いを隠せずにいた。

それを見てかはわからないが、そこで殿下が口を挟む。

「おい、シア。お前は午後、勉強があるだろう。サボろうとするんじゃない。それに、エレノーアとミアリア嬢は遊びに来ているんじゃない。勉強に来ているんだ。邪魔をするのでは……」

「もう！　わかっているわよ！　でも、少しくらいいいじゃない。私だって、ノアやミアリアとお話ししたいし、遊びたいのだもの。お兄様は二人とお話しする機会があるかもしれないけれど私にはないのよ。お兄様にはわからないわ」

そう言って、リリーシア様は拗ねたように顔を背けてしまった。

こうなってしまえば、殿下がなんと言おうと無駄だろう。

「ま、そりゃあそうだよなぁ。けど、勉強は大切だぞシア。じゃないと、レオンみたいになるからな」

「おい、待てカイン！　それはどういう意味だ！」

殿下がカイン様に掴みかかる。それを横目に見つつも、リリーシア様は気にせずに私に話しかけてくる。

「ノアも、勉強は大切だと思う？　……カイン様やお兄様は信用できないけれど、ノアなら信用できるもの」

「おい、シア。私はお前の兄だぞ⁉　カインはいいとしても、私は信用できるだろう！」

いつものことではあるが段々と、殿下が可哀想になってくる。さすがに、可愛がっている妹からこの言われようでは同情してしまう。

まぁ、殿下の場合可愛がり方がわかりにくいというのもあってリリーシア様にあまり伝わっていない。それでも他国と比べこの国の王族の仲は良いのだろう。

「リリーシア様、知識は武器です。無知でいるより恥ずかしいことはありません。今、必要のないように思えることでも、将来役立つ時が来るかもしれないのです。その際、知っているのと知らないのとでは大きな差があります。今は浅くとも知っておくことが必要だと思います。ですから、勉強することは大切だと、私は思っています。ですが、どうしてもと言うのなら、今日くらいは休んでも良いのではないでしょうか」

勉強して、知識を蓄えることは大切なことだ。

だが、無理をするくらいならばやらない方がいい。無理して勉強したところでどうせ、記憶には残らないのだから。

リリーシア様はしばらく考えた後、爆弾発言を口にした。

「……そうね。もう少し頑張ってみることにするわ。それで、ノアはお兄様と婚約はしないの？」

なんて心臓に悪いことを口にするのだろうか、リリーシア様は。

「……しません。リリーシア様、誰にそのようなことを吹き込まれたのですか？」

「吹き込まれたわけじゃないわ。ただ、ノアが私のお姉様になってくれたら、って思っただけよ」

リリーシア様の姉、というのは少しいいかもしれない。

だが、殿下と婚約となるとまた話は別だ。私はあくまでも殿下を支えるだけと決めているのだ。

婚約なんて、もう絶対にしない。もう、嫉妬に狂うのはウンザリだから。

リリーシア様の言葉のせいか、殿下がフリーズしてしまった。

それはそうだろう。特に好きでもない相手との婚約話など、嬉しいものではない。むしろ、疎ましく思うだろう。

「シ、シア！　いきなり何を言っている……！」

「だって、ノア以上にお兄様のお相手に相応《ふさわ》しい人なんていないと思うもの。それに、ノアが私のお姉様になるだなんて素敵じゃない？　私、ずっとお姉様が欲しかったの。それがノアなら嬉しいわ。お兄様だって、ノアのことは……」

「私がいいからと言って、エレノーアもいいというわけではないだろう」

「……それもそうね！　ノアが私のお姉様になってくれたら嬉しいけれど、ノアにはお兄様以上にいい人がいるかもしれないもの。変なことを言ってごめんなさい、ノア。無理にお兄様を押し付けようなんてしないから安心して？」

　リリーシア様はさりげなく殿下を貶し、落ち着いたようだ。

　だが、そのあまりに酷い言いように黙ってはいられなかったようで、殿下は顔を引き攣《つ》らせながらも訴えた。

「シア、押し付けるとはなんだ！　お前は兄を敬う気持ちはないのか。いや、今はそのことは置いておこう。それよりも、エレノーア。シアがすまなかった。どうかシアの言ったことは忘れてくれ」

「私は別に気にしてなどおりません。リリーシア様もまさか本気で言ったわけではないでしょうから……」

　殿下には、すぐに想い人ができることを私は知っている。その方が、とても可愛らしく、素晴らしい方であることも。殿下はその方と結ばれるべきだろう。

　だからこそ私はもう、殿下の心を射止めようなどと、気持ちが欲しいなどとは思わない。思ってはいけない。

「ノアと殿下は、確かにお似合いだと思います。二人共、とてもお綺麗ですし……。それにノアなら、爵位も能力も文句を言う人なんていませんから！」

上手く収まりかけた中、ミアがそんなことを口にした。確かに、表立って文句を言う人はいないのかもしれない。前世の時だって、爵位と年齢から私が殿下の婚約者に決められたのだ。

だが、そこに殿下の心は存在しない。

殿下には想い人がいて、それに対し私がやったことは……。そう、思い返し、少ししてから考えるのをやめた。この場で思い出すことではない。

「ミア、それはさすがに失礼よ。殿下にだって好きな方はいらっしゃると思うわ。それに、私は王妃になるつもりはないの。私が目指すのは、あくまでも文官よ。ミアも知っているでしょう？　何より、王妃には私なんかよりもずっと相応《ふさわ》しい方が絶対いるもの」

私の言葉に、リリーシア様は呆れた様子で殿下を見ていた。

それに対し、カインはお腹を抱え笑っていた。ミアは少しだけ驚いたような表情をしている。

そして、殿下はというと、なんとも言えない表情だった。

……私は何か、変なことでも言っただろうか、と思い返してみるがやはり何もわからなかった。

「わ、悪い。気にしないでくれ。あー、いや、でもさすがにその発言は笑うだろ。……ま、頑張れよレオン！」

「……うるさいぞ、カイン！　それくらいわかっている！」

殿下とカインの二人は何かをわかりあったようだ。

……私には何がなんだかわからない。だが、リリーシア様やミアの微笑ましそうな表情を見る限り、わかっていないのはどうやら私だけのようだ。それが少し、ショックだった。

◇◆◇

後日、私はルイス様と会っていた。

難しそうな他国の本を読んでいるのは前世の頃からずっと変わらない。自国の本だけではなく、他国のものにまで手を出すというところが彼らしい。

そんな彼が本から視線を外し、私へと向ける。

「そういえば、編入生の話は聞きましたか？　なんでも体が弱く、今まで学園に通えなかった伯爵家のご令嬢だとか。ただ、少々気になるところがありまして……」

編入生という言葉に、どうしても体がこわばってしまう。

やはり、前世での記憶が枷となっているのだろう。

今回は、大丈夫。そう思ってはいても、やはり怖いものは怖い。

彼女の編入が私の未来に繋がっているのだから……

「ユリア・フレイシア伯爵令嬢ですね。噂ではずいぶんと可愛らしい方のようですが、ルイス様もやはり気になられるのですか？」

前世の時は、ルイス様は彼女に興味を示さなかった。

だが、今世でもそうとは限らない。と、思ったのだが、ルイス様は私の言葉に眉をひそめた。機嫌を損ねてしまったらしい。

「私がそんなものに興味があるとでも思うのですか？　いえ、まあ確かに少々興味は抱いておりますが……。興味があるのは、彼女自身ではなく彼女の家の方ですよ。フレイシア伯爵家は急激に成長している領地を持っています。そしてそれを仕切っているのは、体が弱いと噂のユリア・フレイシア伯爵令嬢だと。現在の当主に、そこまでの手腕はありませんから」

その話は、初めて聞いた。

急激に成長している領地であることは知っていたし、それは前世の時も変わらなかった。だがそれを進めているのが、ユリア様などという話は聞いたことがなかった。それだけ、彼女を調べようとしなかった、ということでもあるのだろうけれど。

調べてはいたが、その内容は殿下とユリア様との関係だ。それでは到底わかるはずもない。

「それは……。とても興味深い話ですね」

そうなれば彼女が体が弱いというのは嘘という可能性もある。

それに加え、彼女の価値が大きく変化することになる。

これは私の方でも調べてみた方がいいのかもしれない。

「彼女には十分、注意してください。ユリア・フレイシア伯爵令嬢には何か秘策があるのでしょう。でなければ、何かしらの情報は出てくるはずですから。それが出てこないということは……。いえ、とにかくフレイシア伯爵令嬢にあまり近付かないことをお勧めします」

ルイス様の言葉に、少しだけ安心した。

やはり彼だけは今も昔も変わらない。ユリア様に靡《なび》いたりなどしない。

ただ私のことを純粋に心配し、止めてくれる。そんな彼だから、傍にいると安心できるのだ。私が道を間違えそうになっても、きっとルイス様が止めてくれると信じられる。

「えぇ、ありがとうございます。ですが大丈夫です。私、あいにくと今は文官になることしか考えていませんもの。そのための勉強が楽しくて。彼女に関わりたいとは全くと言っていいほど思っていないのです」

ルイス様は、驚いたように目を見開いた。そして、苦笑した。

だが、その視線からは呆れというよりも優しさが感じられる。

「……そうでした。あなたは、そういう方でしたね。だから、あなたと話しているのは……」

「え？」

「いえ、なんでもありません」

最期の方は声が小さくてよく聞き取れなかった。

だから聞き返したのだが、なぜかルイス様は顔を背けてしまった。その耳がほんのりと赤くなっていたのは見逃さなかったが。

ただ、ルイス様にもそのような部分があるのだと知り、少しだけ笑ってしまった。

第三章　噂の編入生

そしてついにユリア様が学園に編入してきた。

学園中、その話で持ち切りだ。編入生というだけでも珍しいが、その人物は急成長中の領地の娘で容姿も良いとなれば当然だろう。

ユリア様は隣のクラス、つまりミアとフィアのいるクラスへと編入したようで、二人のクラスの前には人だかりができていた。それも、主に男子生徒で。その時点で既に嫌気がさす。

「……エレノーア？　なぜここに。もしやエレノーアも噂の編入生が目的か？」

私に声をかけてきたのは、殿下だった。

この様子だと、殿下も見に来られたのだろうか。そうだとしても不思議ではない。

「いえ、私はミアとフィアに会いに来たのですが……。この様子では二人に会うことは無理そうですね。諦めて教室へ戻ろうかと思っていたところです。殿下こそ、編入生を見に来られたのですか？」

「いや、確かに興味はあるがこの騒ぎだからな。ほかの生徒の迷惑になるだろうと思い、注意をしにな。これでは編入生も気の毒だ」

なんとも、殿下らしい理由だった。教室の外まで人だかりができているこの状態では、廊下の通行の邪魔にもなる。

殿下の言うことであればほかの生徒も聞くだろうし、一番の適任だろう。前世の時は、その前に私が注意しに行ったのだが、少々言葉がキツかったようで口論になってしまった。そこに殿下が来て、私を咎めたのだ。こうしてみると、放置することが一番良かったようだ。

「そうなのですね。殿下もお疲れ様です。それでは、私は失礼いたします」

「あぁ。エレノーア、もう少ししたらこの騒ぎもおさまるだろうから、その時にまた来るといい」

「はい、そういたします」

あまり長居して、ユリア様と関わりたくなかった私は早々に教室へと戻ることにした。

ミアやフィアと話したい気持ちは当然あったものの、それ以上にユリア様と顔を合わせるのはどうかと思い悩むうえ、あの人だかりの中、入っていく自信も到底なかった。

「もう、なんなのかしらあれ。いい迷惑だわ」

「イレイン様まで、編入生を見に行ってしまわれましたし……」

「私の婚約者も。ちょっと可愛らしいからってあんな子に……」

教室に戻る途中、そんな話が聞こえた。イレイン様、というのは侯爵家の嫡男のことだろう。

その婚約者となると、ミレニア伯爵家のエレナ様のはず。もう一人の方は、多分この国屈指の武家ユーグリアス家のカレン様のように思えた。

「お話の途中にごめんなさい。ユリア様のことを話しているようだったから……。この時期に編入してくるだなんて珍しいもの。そのせいで、少し気になっているだけだと思うわ。それに、彼女はフレイシア伯爵家の方でしょう？　フレイシア領は、最近になってかなり豊かになってきているから。彼女からその情報を手に入れたいのではないかしら」

「え、エレノーア様！　な、なんでこんな場所に、じゃなくて、なぜこのようなところに……？」

「ちょっと、エレナ！　エレノーア様に失礼よ……！」

私がいきなり話しかけたのが悪いのだろうか。彼女たちは慌てた様子だった。

そんな彼女たちを見て、私は苦笑をもらす。

「いつものように話してくれればいいわ。ユリア様が編入されたクラスに友人がいたのだけれど、あの人だかりでしょう？　だから諦めて教室に戻ろうと思っていたの。その時に話が聞こえてきたから、突然ごめんなさい」

急に話に入ったことを謝り、私は教室へ戻った。ユリア様の周囲に注意した方がいいのかもしれない、などと考えながら。

昼休み、私はいつも通り食堂でミアとフィアの二人を待っていた。

すると、入り口の方からなにやら騒ぎ声が聞こえてくる。無視したいところではあるが、私はこれでも公爵家の令嬢だ。よほどのことではない限り、高位貴族の家の生まれである私が見過ごすわけにはいかない。

ため息交じりに立ち上がると、騒ぎの方へ向かって歩いていく。

「一体、何を騒いでいるのです？　入り口で騒いでいてはほかの生徒の邪魔にもなりますよ……」

と、言ったところで失敗を悟った。なぜなら、その中心にいたのが泣いているユリア様と怒りをあらわにしたミアとフィアだったからだ。

一体、ここで何があったというのだろうか。

「ノア……。すみません、騒いでしまって」

「騒いでしまったことは謝るけれど、この子に対しては謝らないわよ。私たちは当然のことを言っただけで、何もしていないもの」

ミアは困惑したように、フィアは顔を上げて言い放つ。

泣いているユリア様は、庇護欲を掻き立てられるような姿だ。

だが、それに動かされる私ではない。それがミアやフィアだったのならば別なのだろうけれど。

「何を、している」

それは、今一番聞きたくはない声だった。

「殿下……」

人だかりが裂け、殿下の前に道ができる。そして、殿下が近付いてくるにつれ、前世で染みついた恐怖が蘇る。

あぁ、また、私がやったと思われるのだろうか。また、私はこの方に軽蔑の目を向けられるのだろうか。

けれど、ミアとフィアを守れるのならばそれでいい。唇を固く結び、制服の裾をギュッと握りしめた。

「エレノーア、これはなんの騒ぎだ？　編入生はなぜ泣いている」

いつもとは違う殿下の冷たい声に、体が震えた。

「申し訳ございません、殿下。私も今この騒ぎを聞きつけたところでしたので……」

「そうか。ならば、当事者に聞くとしよう。フレイシア伯爵令嬢、何があった？」

殿下の声に、ビクッと体を震わせ、ユリア様は震える声で、微かに口にした。

「こ、ここでは言えません……。その……」

その声と姿に、殿下の顔が歪んだ。ユリア様は私を怯えた目で見ていた。

だが、それに対して反応したのは怒りをあらわにしたミアだった。

「別に言えばいいじゃないですか。私たちに向かって言ったことを。ノアが、身分を笠に着て私たちを脅しているだとか、やりたい放題やっているだとか。そのうえ、私たちをノアから解放してあげる、ですって？　そんなこと、頼んだ覚えなんてありませんし、ノアは私たちの大切な友人です！　ノアのことを何も知らないくせに、勝手なこと言わないでください！」

ミアの言葉に驚くと同時に、心がふわっと温かくなる。

そして殿下は興味深そうに笑みを浮かべた。

「……ほう？　それは、興味深い。エレノーアが身分を笠に着ているなど、聞いたこともない。むしろ、文官になりたさに勉強ばかりしているほどだ。誰かを脅す暇があれば、エレノーアはそれこそその時間を勉強に回すだろうな。フレイシア伯爵令嬢、そのような冗談はやめた方がいい」

少しだけ、驚いた。殿下が私を庇ってくれるとは思っていなかった。勉強しかしていないというのは納得いかないけれど――

カイン様が横からひょいっと顔を出して言った。

「あとは俺とレオンでなんとかしとくから三人は昼飯食べてこいよ。まだ何も食べてないんだろ？」

「えぇ、ありがとうございます、カイン様。ミア、フィア、行きましょう？」

「は、はい！」

「……えぇ」

カイン様の協力もあり、私たちは騒ぎの中から脱出し昼食をとることができた。

とはいえ、疲労感はかなりたまった気がする。

「あ、あのエレノーアさん！　その、ちょっといいですか？　どうしてもエレノーアさんとお話ししたくて」

放課後、私が帰ろうとするとユリア様が声をかけてきた。それも、私の教室まで押しかけてきて。

「いきなりすいません！　でも、その、どうしても謝りたくて……」

しゅん、としているユリア様に周りの目が向けられる。

それに顔を顰《しか》めるのは私やほかの令嬢たちだ。ユリア様が大声で、というのもだが何より呼び方だろう。

「えっと……。噂だけで決めつけて、悪く言ったりなんてしてごめんなさい！　あのあと、ほかの人たちから聞きました。エレノーアさんがそんなことする人じゃないって知ったんです。本当にごめんなさい！　噂って、やっぱりあてにならないですね」

やはり、私はこの方を好きになれそうにない。そもそも、噂のせいにしているが、そのような噂など一度も聞いたことがなかった。

それにこの方は反省なんてしていない。反省していたとすれば、こんな無邪気に笑えはしないだろう。

「謝罪は不要です。ただ、少しは考えていただきたいところですが……」

「え？」

ユリア様はキョトンとして、私を見つめてくる。

やはり、とは思っていたが、自覚がないらしい。

こんな姿を見せる彼女に殿下は想いを寄せたのだろうか。そう思うと、苛立ちを感じる。

「ただでさえ、あなたはフレイシア伯爵家の令嬢ということで注目されているのです。そのうえ、あのような騒ぎを起こすなど、注目してくれと言っているようなものですよ。それをわかって……」

「わぁ、エレノーアさん、心配してくれているんですね！　えへへ、ありがとうございます！　でも、大丈夫ですよ！」

その反応に、私は頭を抱えたくなった。私はやんわりと忠告をしたつもりだ。

それが、なぜ、どうしたら「大丈夫です！」なんて反応が返ってくるのか。

そしてなぜ、私は牢の中で、ユリア様が王妃に相応《ふさわ》しいだなんて思ったのか。

いや、あの時はこのような性格だとは知らなかったのだ。私から見たユリア様は、成績もよく、何より罪人をも思いやる優しい心の持ち主だった。

だが、これはない。これではただの馬鹿ではないか。そもそも、こんな方だっただろうか。

「あれ、エレノーアさん？　皆さんもどうかしましたか？」

「……どうやらフレイシア伯爵家は、教育を十分になさってはいなかったようですね」

「どういう意味ですか？」

そもそも、私とユリア様は初対面だ。にもかかわらず、様ではなく、さんで呼ぶなどありえない。

本人の許可があればもちろん別ではあるが、私は許した覚えがなかった。

「そのままの意味です。もう一度、勉強しなおした方がよろしいかと。今までは、体が弱かったそうですから、それで問題はなかったのでしょうけれど、これからは違います。社交界へと顔を出すようになる以上、それではフレイシア伯爵家が……」

「酷い！　そんなこと言うだなんて！　私がエレノーアさんのことを悪く言ったからって、家のことは関係ないじゃないですか！　酷いです！」

この方は、本当に何を考えているのだろう。忠告しただけでこれとは、先が思いやられる。そもそも、彼女は私に謝罪のために来たのではなかったのだろうか？

それがなぜ、このような態度になるのだろうか。やはり、彼女は私を悪としか思っていないなそうだ。

「……はぁ、わかりました。私は用事がありますので失礼します。それともう一つ。もう謝罪に来る必要はありません」

この方に、私が何を言っても無駄だろう。私はこの方にとっては悪でしかないのだから。なぜかはわからないが、私も特に関わりたいとは思わないし、ちょうどいいのかもしれない。

ただ思うことがあるとすれば、大切な時間が潰されたことに対する怒りと、ユリア様に対する失望だけだ。

あぁ、本当に。本当になぜ私はこのような方が王妃に相応《ふさわ》しいと思っていたのだろうか。このような方が殿下に釣り合うはずがないのに。

「これでは、到底お二人の応援はできませんね……」

ユリア様が教室を飛び出していった後、私は重いため息をついた。殿下とユリア様を近付かせないようにしなければ。一人思い悩んでいると、クラスメイトが私の周りに集まってきた。

「な、なんなのですか、あの方は！　エレノーア様になんて失礼な！　マナーというものをご存じないのでしょうか」

「ご自分の立場を理解していないのかしら？　エレノーア様、大丈夫ですか？」

「あの失礼な方に何かされたら、私たちに言ってくださいませ」

「エレノーア様はお嫌かもしれませんが、あの方が落ち着くまで傍に誰かお連れくださいな。私たちでもエレノーア様をあの方から逃がすことくらいできますもの」

「だったら、俺たちも協力するぜ。さすがに実力行使、ってのはないと思うがその方が安心だろ。それにああいうのってあることないこと言ってきそうだしな」

と、次々に心配して話しかけてきてくれた。それだけで、今まで遠目に見ていたクラスメイトとの距離がずっと近付いた気がする。その原因がユリア様だと思うと複雑だけれど。

「では、少なくとも二人はエレノーア嬢と行動するということで。エレノーア嬢もそれでよろしいでしょうか。……エレノーア嬢？」

どんどんと決まっていく話についていけず、私は固まっていた。

「ごめんなさい。その、皆様私を嫌っているのかと思っていましたから……」

正直、寂しかったのだ。入学した時には既に遠巻きにされていた。それもあり、私は嫌われているのだと、そう思っていたのだ。

前世の時も、そうだったから……

「まさか！　そんなはずありませんわ！」

「エレノーア様に憧れはすれど、嫌うだなんて！」

「あー、エレノーア嬢に近付くと、俺らの場合殿下が怖かったからなぁ……。今回はさすがに許していただけるはずだと思いたい」

「エレノーア様は私たちの憧れの的ですもの。話しかけるだなんて、とても恐れ多くて……」

皆が口々に否定の言葉を投げていく。

驚いた。前世の時と同じようにマイナスのイメージしかないのではないかとずっと思っていたのが否定されたのだ。

だが何より、驚いたというよりも疑問に思ったのは……

「なぜ、そこで殿下が出てくるのですか？」

殿下とはただの友人で、ほかに何かあるわけではない。あるとすれば、未来の主、幼馴染、といったものだろう。主というのは願望だけれど。

もしかすると、殿下は私が何かやらかさないか見張っていたのだろうか。それならば、巻き込まれたくないと遠巻きにされていた理由も納得できる。

「えっ？　う、嘘ですよね。エレノーア嬢、それ本気で？」

「まさか、気付いていらっしゃらないの……？」

「そりゃ、殿下もああなるわ」

「それは、殿下がお気の毒ですわね」

クラスメイトたちの私を見る視線が変わった。呆れやら、同情を含むような視線だ。

やはり私は殿下に見張られているのだろうか。

「エレノーア様が気にする必要はございませんよ」

「それもそうね。そんなことよりも、エレノーア様さえよろしいのでしたら、私たちが護衛いたします！」

私をフォローするように皆が告げ、殿下が『そんなこと』で片付けられてしまった。自国の令嬢たちにそんなことで片付けられる殿下の存在とはどうなんだろうか。

「護衛だなんてそんな。一緒にいてくださるのなら、護衛よりも友人としての方が嬉しいのですが、それではダメでしょうか？」

クラスメイトを護衛なんかにはしたくはないし、ユリア様はきっと実力行使はしてこないだろう。そんなことをするような人ではない、と思いたい。あまり自信はないけれど。

「ゆ、友人！」

「私たちが、エレノーア様のご友人に……!?」

なぜか友人という単語に反応する方たちが多かった。気のせいかもしれないが、少し頬を紅く染めている方までいる。一体、どうしたというのだろうか。

「ぜ、ぜひ！　私なんかがエレノーア様のご友人だなんておこがましいかもしれませんが！」

「抜け駆けだなんてズルいわ！　私もエレノーア様の友人にしてくださいませ！」

気持ちは嬉しいが、どうやってこの収拾をつけようか。

結局、クラスメイト二人が私と共に行動することによりユリア様からの追撃から逃れるようにしよう、ということで話がまとまった。

ユリア様はあのような性格だっただろうか、と疑問に思わなくもないが、私が変わったように、あの方もなんらかの理由で変わられてしまったのだろう。それとも、私が気付いてなかっただけなのか……


「お嬢様、今日は何かあったのですか？　お疲れのようですが……」

学園から帰る馬車の中で、サーニャが私を心配して尋ねてくる。サーニャに言われるとは、自分で思っているよりも疲れているのかもしれない。

「ええ、まあちょっとね。でも、大丈夫よ。心配しなくていいわ」

とは言っても、サーニャは心配するのだろうけれど、私にはそれしか言えなかった。

ユリア様のことをサーニャに言ってしまえば、私を心配したサーニャはお父様に報告をするだろう。そうなると、お父様まで動く可能性がある。

学園内で起きたことについて、お父様が口を挟むべきではないのだ。……少なくとも、何も実害がない今はまだ。

「またそんなことを仰って。お嬢様に何かあってからでは遅いんです！」

「もう、サーニャは心配性なんだから。でも、本当に大丈夫なのよ。今日は編入してきた方がいて、その騒ぎのせいでちょっと疲れているだけだから。しばらくすれば落ち着くわよ。心配する必要はないわ」

「お嬢様がそう仰るのならそうなのでしょうけど、私は心配です。お嬢様は優しすぎますから。何かあればきっとお嬢様は首を突っ込み、問題をどうにかしようと動くにきまってます。エレノーアお嬢様は、自分が傷つくことを考えていらっしゃいませんから」

サーニャは真剣な表情で口にする。だが、その声色は少し、ほんの少しだけ悲しげだった。

「そんなことないわ。私はサーニャが思っているような人間じゃないもの。もっと汚くて、ズルい人間よ」

サーニャが思うような、綺麗な人間ならばきっと罪を犯さなかっただろう。嫉妬に狂い、彼女を傷つけることはなかったはずだ。彼女を学園で孤立させようとしたりなんてしなかった。今思えば、本当にあの頃の私は最低のことばかりをしてきた。

だからこそ、今世は。そう心に決めて生きてきたが、たまに思う。私は汚い人間だ。なのに、ここにいていいのだろうか、と。

「そうかもしれませんね。ですが、少なくとも、私の見てきたお嬢様は違います。私の知るお嬢様は、自分に厳しいくせに他人には甘く、誰よりも国や平民のことを考え、目的のための努力を惜しまない、そんな方ですから」

ですから、たまには自分に優しくしてください。周りに甘えてもいいのですから、とサーニャが微笑んだ。

「……十分、甘えているわ。でも、そうね。ありがとう。サーニャがそう言ってくれるから私は頑張れるのよ」

「そう言ってくださるのは嬉しいですが、もっと甘えてくださってもよろしいのですよ？」

相変わらずのサーニャに安心する。サーニャだけは私の味方でいてくれる。それが嬉しかった。

なぜ、前世の私はこんなことに気付かなかったのか。

味方が誰もいないと思い、暴走してしまったあの時のようにはならない。そう思えた。

◇◆◇

クラスメイトに囲まれながら楽しく学園生活を送り、ユリア様など忘れかけた頃になり、その人物はやってきた。

「エレノーア！　ユリア嬢に酷いことを言ったそうだな！　可哀想に、編入してきたばかりだというのに怖い思いをして……。お前は、公爵家の人間としての自覚はないのか！」

いきなり私の教室まで来て、怒鳴ったのはアースフィルド公爵家の次男で幼い頃からの親交がある、レイスト様だった。

まったく、非常識にもほどがある……。それにしても、私が最後にユリア様に会ったのは、彼女が編入してきた日だけだ。それからはずっと、友人たちが傍にいて彼女から逃してくれていたのだから。その間に、一体私が彼女に何をしたというのだろうか。まともに顔を合わせてすらいないというのに。

「レイスト様、教室まで来て怒鳴るのはやめてくださいませ。私がユリア様に酷いことを言った、と仰いましたが、もちろん確認は取られたのですよね？　まさかとは思いますが、騎士となろうというお方がユリア様の証言のみを聞き、判断したなどというわけではございませんよね。レイスト様、あなたが今、どれだけ非常識なことをしていらっしゃるかおわかりでしょうか？　一人の証言のみを聞き、私を悪と決めつけ断罪する。それが本当に、立場のあるお方のすることなのですか？」

私は静かに、思ったことのみを淡々と告げていく。多分、私は怒っているのだ。この馬鹿正直な男に対して。きっと、ユリア様の話を聞き、そのまま信じここまで来たのだろう。なんの確認すら取らずに。昔からそういう男だったから。

まっすぐではあるが、だからこそ他人の悪意を知らなすぎる。他人が嘘をつくとも思わず、聞いたことをただただ信じる。剣の腕はいいのにもかかわらず、彼の父親が騎士団に入ることを反対しているのはそれが理由だった。本人はそれすらも知らず、自分の実力がないからだとひたすら剣を振っているが。

そんなレイスト様を騙し、動かしたユリア様に、私は怒りを感じていた。

「うっ、それは確かにそうだ……。だが、ユリア嬢は涙を流していた！」

見たままを信じ込むのも彼の悪いくせだろう。こういうバカだから信用できるところもあるのだが。

「では、いつ、私が彼女に対し酷い言葉を投げかけたというのでしょうか？」

「ユリア嬢は、廊下ですれ違った時に言われると言っていた。だから、学園に来るのが辛いのだと」

いつ、私とユリア様が廊下ですれ違っただろうか。

友人たちを見るが、皆一様に首を横に振った。彼女を見た方はいない、と。

ならば、彼女は一体誰に言われたのか。そしてそれがなぜ、私の方へ来るのか。まったく不思議なものだ。

「私が最後にユリア様に会ったのは、あの方が編入してきた時です。廊下ではいつも友人とお話ししていますし、ユリア様とすれ違ったことすらも記憶にございません。私があの方とお話ししたのは、あまりにも非常識すぎる行動を注意しようとしたからです」

「エレノーア様が仰ったことは本当ですわ。あの方はあまりにも失礼すぎましたし、エレノーア様を悪く言っておりましたもの。ですから、あの方がエレノーア様に何かするのではないかと思い、私たちの中で必ず二名以上がエレノーア様とご一緒するようにしておりますもの」

私を庇い発言したのは、ミリア・イージアス伯爵令嬢だった。彼女はあの日以来、よく私と共に行動していて、このクラスの中でも特に仲が良い。

「レイスト様、他人を信用する心がけは良いことでありましょう。ですが、疑うこともいい加減覚えてくださいませ。そして、自分の立場をもう一度よく考えてください。これが私でしたからまだ良いものの、あなたよりも爵位の低い家の方に対してであれば、その方は学園を追われることになっていたのかもしれないのですよ」

公爵家の名は、それほどに重い。

だが、それでも公爵家の人間から断罪されたという事実は重く付き纏《まと》うことになる。それを、彼は理解していなすぎる。公爵家の人間として足りないものがあるのは、レイスト様も同じなのだ。

「そ、れは……」

「では、一度でも彼女の言葉を疑いましたか？　根拠や証拠もなしに他人を断罪しようとするなど言語道断。誰かを断罪するのならば、然るべき準備をなさいませ。何より、このような人の集まる場所で、とは何を考えているのです。こういったことは、内々に行うべきことでしょう。そもそも、私は公爵家の人間です。伯爵家の令嬢に酷いことを口にしたということで証拠もなしに罰せられるはずがないでしょう」

公爵家の人間を相手に失礼なことをした令嬢に対し、暴言程度で済むのなら良い方だ。普通であれば、もっと被害を被ることになる。

それこそ、その家の事業に対する嫌がらせだとか、金品が絡んでくることもある。まぁ、公爵家の人間に睨まれていると知られれば、自然と経営が悪化するだろうが。

「レイスト様。あなたがこの話をユリア様から伺った時、まず何をするべきであったかわかりますか」

「……ほかの者に話を聞くべきであった。その後、エレノーアと二人で話す機会を設けるべきだった」

色々と足りない部分はあるが、ちゃんと考えればできるではないか。考えずに突き進むから騎士になれないのだ。その点を主となる殿下が担えるのなら良いのだろうが。

「ええ、そうですね。その話をユリア様から聞いて確認を取ったならば、すぐに私とも話す機会を作るべきでした。もしこの話が私のお父様の耳に入ってしまえば、学生の問題ではなく、双方の家の問題となってしまうのですよ。公爵家の人間としては、ユリア様の話が真実であれば、アースフィールド公爵に報告をし、真実か否かを調査した上で、私と二人で話す機会を作り、学園内で話を収められるように行動しなければなりませんでした」

そこまで言うと、レイスト様はかなり落ち込んだようで肩を落としていた。何が一番彼を傷つけたのかといえば、それはユリア様に嘘をつかれたことなのだろう。

他人に裏切られたことは、きっと彼は初めてだっただろうから。それがわかるからこそ私は余計に辛い。

「すまなかった……。考えてみれば、すぐにわかることだった。エレノーアがそんなことするはずもない。家や、友人を陥れられたというならばともかく、な。そんな時間があれば、文官になるためと言って勉強に励むだろうからな」

色々と不本意な部分はあるが、わかってくれたようだ。

「えぇ、わかってもらえたのならば良いのです。レイスト様、ここには幸い私の友人しかおりません。ですから、私はこの話を聞かなかったことにいたします。皆様も聞かなかったことにしていただけますか？」

「もちろんですわ」

「あー、俺最近耳が遠くて」

「私も、耳が遠くなってしまったようですわ」

「僕も」

「私も」

と、皆が聞かなかったことにしてくれた。レイスト様の間違いがなくなるわけではないが、少なくとも表に出ることだけはなくなった。

サーニャが知れば、きっとお嬢様は甘すぎます！　などと言われ怒られるのだろう。だが、それでもこの経験はレイスト様にとって良い方向に変わってくれるキッカケになると思う。

「なっ……。エレノーア、俺は！」

「良いじゃありませんか。私は、レイスト様の誰であろうと信じようとするところ、嫌いではありませんよ。そのようなお人柄に救われたこともあります。それに、私も確かにキツく言ってしまったでしょうから」

「だが、俺は……」

「でしたら、これは貸しです。レイスト様は騎士になるのでしょう？　私が道を誤った際は、レイスト様が止めてください」

もしも、私が間違えた時、止めてくれる人は多い方がいい。それに、今度もルイス様が止めてくれるとは限らないのだから。

「……わかった。剣に誓おう。お前が道を違えそうになった時は俺が必ず止めよう」

腰に刺してある剣に触れ、そう告げるレイスト様の姿はとてもかっこよかった。赤髪が静かに揺れ、心から誓うその姿は『騎士』そのものだった。そう感じたのは私だけではなかったようで、周りの令嬢の息を呑む音が聞こえてきた。

レイスト様とのお話が終わり、教室の入り口が騒がしいことにようやく気付く。恥ずかしいことに、話に夢中になり今まで騒ぎに気付かなかった。どうやら、誰かを教室に入れないように止めているらしい。

「どうかしましたか？　レイスト様とのお話は終わりましたし、もう中に入っていただいても良いのですが……」

私がそう言うと、バリケードを解除し、その人物が中へと入ってくる。かなり、慌てた様子で。

「エレノーア、大丈夫ですか！　レイストが暴走したと聞いたのですが……」

その人物とは意外なことにルイス様だった。今まであの場所以外で会うことなどなかったのにもかかわらず、私を心配して来てくれたらしい。

その行為に若干の嬉しさを感じるが、不安もある。ルイス様とレイスト様は知り合いだったということも驚きだ。それ以上に、今までエレノーア嬢と呼んでいたルイス様が私をエレノーアと呼んだことに驚く。

「ルイス？　なんで……。いや、それよりもエレノーアを？　二人は知り合いだったのか？」

「えぇ、ルイス様は私の大切な友人です。私としては、レイスト様がルイス様と親しくされていることの方が驚きだったのですが」

「ん、あぁ。たまに勉強を教えてもらっている。同じ、殿下の側近候補でもあるしな」

そう言われてみれば、そうだ。確かにルイス様もレイスト様も側近候補だった。ならば、二人が知り合いであったとしてもおかしくはない。

脳筋気味なレイスト様とその真逆を行くルイス様が、と思わなくもないけれど。

「それで、一体何があったんです？　約束を放り出し、何かあったのかと教室へ行ってみれば、レイストは既におらず、校内を探し回ったところ怒りをあらわにしながらエレノーア……、いえ、エレノーア嬢のクラスへ向かっていったと耳にしたのですが。もちろん、説明してくれますよね？」

ルイス様の笑顔が黒かった。あのレイスト様さえも怯えたように後ずさりしている。今まで穏やかなところばかりを見てきたためか、こういったルイス様はとても珍しい。

「それは、だな……」

「まさか、あの編入生の言葉を鵜呑みにし、エレノーア嬢に迫っただなんてこと、あなたに限ってありえませんよね？」

すごくいい笑顔だが、目が少しも笑っていない。それでいて、見ていたのではないかと感じるほどに当たっている。

まぁ、レイスト様がわかりやすすぎるだけかもしれない。

「なんで、それを知っているんだ？」

本人がバラすのだから仕方ない。思わず、私は額に手を当てた。レイスト様のあまりの正直さに頭が痛くなってくる。

「まさか、本当にやったのですか⁉」

ルイス様の方が驚いている。まさか、本当にやったとは思いもしなかったのだろう。

「レイスト、あなたは何を考えているのですか！　エレノーアはあなたの幼馴染でしょう！　あなたが信じなくてどうするのです！　私は言っていたはずですよ、あの方には十分に気をつけるように、と。それなのに忠告も聞かず……。それに加え私との約束を忘れ、来ないとはどういうことです。私はあなたが思っているほど暇ではないのですが」

笑顔で淡々と告げるルイス様の怒り方はかなり怖い。約束を破ったレイスト様が悪いのだろうが、私を思って怒ってくださっていることがなんだかこそばゆい。

「ルイス様、そのくらいにしてあげてください。レイスト様も十分反省していらっしゃるようですし、私も気にしてはおりませんから」

「……わかりました。本人がいいと言っているのに、私がこれ以上何か言うこともないでしょうしね」

「あ、ルイス、お前まさかエレノー……」

「あぁ、レイスト。その先を言ったら、わかりますよね？」

ルイス様がレイスト様に笑顔を向けた後、レイスト様は急いで首を縦に振った。私の名前を出しかけていたようだが、どうかしたのだろうか。

気にはなるが、聞いてしまえばルイス様の怒りがこちらに向くかもしれないのでやめておくことにした。……気にはなるけれど……

◇◆◇

レイストに勉強を教えるという約束をしたこともあり、俺は図書室へと足を運んでいた。俺が教える義理はない、と言えればよかったのだが、いずれは共に殿下の側近になるであろうことを考えると、そうもいかなかった。

レイストは多少、脳筋なところもあるが、基本的に要領はいい方だ。丁寧に教えてやれば理解はできるだけまだマシであったと言える。それに、俺にも多少のメリットはあった。レイストはエレノーアと幼馴染らしく、彼女のことをよく知っている。彼女の話をレイストから聞くのが俺の楽しみでもあった。まぁ、その彼女と会えるかもしれない時間を潰しているのはレイストなのだが。

とはいえ、俺がレイストに勉強を教える代わりにレイストが俺に剣を教えることになっているのでまだいい。そうでなければレイストに勉強を教えるなど、どれだけ頼まれたとしても受けなかっただろう。剣を学びたかった理由もエレノーアに何かあった際、剣を学んでいた方が守れるだろうというだけであったが……

「……それにしても、レイストの奴遅い。ちっ、これならエレノーアと会う時間があったな。俺の貴重な時間を……」

エレノーアの前だけでは取り繕っていた口調も、誰もいないところやレイストの前では簡単に剥がれ落ちる。どうせ、ほかの誰にどう思われていようが興味もない。俺が興味を持つのはエレノーアのことだけだ。ほかは正直どうでもいい。一部の人間に冷酷と言われようがエレノーア以外からの評価など俺にとっては意味のないものだ。

エレノーアに悪感情を持たれないよう、外面を取り繕っているだけの俺は、彼女にさえ嫌われなければそれでいい。

「……はぁ、仕方がない。これ以上、待たされたくもないからな。様子を見に行くか」

あれでも公爵家の人間だ。どうせ、女に囲まれて動けなくなっているのだろう。迷惑極まりないものだ。

奴の教室へ行ってみれば既に出ていった後のようだった。すれ違ったかと思えばそうでもないらしい。

仕方なく、校内を探し歩くことにしたが、なんともおかしな話を耳にする。

「ねぇ、聞きまして？　あの編入生、今度はレイスト様に近付いて……」

「まぁ！　先日はエレノーア様のことを悪く仰っていたのに、今度はレイスト様にお近付きになるだなんて、なんて方なのかしら！　信じられないわ。レイスト様がエレノーア様の幼馴染だとご存じないのかしら？」

「えぇ、本当に信じられませんわ。あのエレノーア様が身分を笠に着られるだなんてあるはずございませんのに。そんなことを皆に言いふらしていらっしゃった挙句、よくレイスト様に近付けるものですわね」

どうやらエレノーアと編入生、そしてレイストの話で持ちきりだった。その話のどれもが到底許せるものではない。エレノーアがどれだけ努力をして文官になろうとしているのかも知らない編入生ごときが、あろうことか彼女の邪魔をするというのか。彼女を大して知りもせず、悪く言ったことでさえも許せたものではないのに。彼女が身分を笠に着るなど、あるはずもないことを言いふらす。

ああ、それは。それはなんとも不快だ。

「そういえば、先ほどレイスト様があの編入生とお話しした後、とてもお怒りになったご様子でエレノーア様のクラスの方へ向かっていらっしゃったのを見ましたわ」

「まぁ……！　何かあったのかしら？」

「あれだけの噂でしたもの。エレノーア様をご心配されたのではなくて？」

なんてことだ。レイストがそんなに思慮深いものか。それだけのことを考える頭はレイストにはない。

どうせ、あの編入生に何か吹き込まれたのだろう。それを馬鹿正直に信じこみ、エレノーアに確認しに行ったか、そんなところだろう。あいつはいい意味でも悪い意味でも疑うことを知らないのだ。

「はぁ……。まったく、あのバカはなにをしているのか」

エレノーアが心配だが、大勢の者がいる場所で彼女と会うというのは少しばかり憚《はばか》られた。彼女は気にしないのであろうが、二人の時に見せるあの、俺を信頼しきったかのような笑顔を思い出すと、どうしても会いに行こうとは思えなかった。

その表情をほかの奴に見せたくはないという汚い独占欲がどうしても俺の邪魔をする。俺にその資格などないというのに。

「えぇ、私も最初はそのように思ったのですが……。レイスト様が通り過ぎていく際に、あいつは公爵家の人間として……。などと仰っていらしたのでどうしても気になってしまって」

「まぁ、公爵家の？　何かあったのかしら？　エレノーア様が何かされるとは考えられませんけれど……」

聞こえてくる会話に、俺は怒りを隠しきれなかった。あいつは、自分の幼馴染すらも信じられないような奴だったのか。奴よりも付き合いの短い俺ですら彼女がそのような、噂にあることなどしないとわかるというのに。

あいつだって、それは理解しているはずだろう。にもかかわらず、レイストは何をしているのか。あいつは、エレノーアの傍にいて一体何を見てきたというのだろうか。

「……俺は、ずっとそんなお前のことを羨ましく思っていたのか」

自嘲気味に呟いた。俺は、レイストがずっと羨ましかった。エレノーアと同じ公爵家、彼女との長い付き合い、俺とは違い彼女を守ることのできる力。全て俺が持たないものだ。俺にとってはその全てが羨ましい。

だが、彼女を信じられないというのならば、あれは彼女の周りをうろつく害虫と同じだ。ならば、同じ殿下の側近候補であり、エレノーアの友として、俺があいつを……

「すいません、ここにレイストは来ていませんか？」

エレノーアのクラスまで来ると、教室の前にいた数人の生徒に尋ねる。レイストの名前を出した途端、わずかに顔を顰《しか》めた。どうやら、奴はここにいるらしい。俺の考えが当たってしまったことが本当に残念でならない。

「あぁ、やはりレイストはここにいましたか。申し訳ありませんが、通してくれませんか？」

自然と笑みが溢れる。これは、エレノーアといる時のような優しいものではなく、怒りからくるものだ。これでは、彼女を怖がらせてしまうだろうか。それだけはダメだ、そう思いながらも怒りを抑えることができなかった。

「すみません。現在、教室内は少々立て込んでおりますわ。またしばらくしてから来てくださいませんか？」

俺に言葉を返してきた彼女からもどこか怒りが感じ取れた。確か、彼女は最近になってエレノーアと共にいることが増えていた気がする。

彼女の様子を見る限り、エレノーアのことを慕っているように見える。とすると、やはりレイストはエレノーアに害を与えたのか。

「お断りします。急用ですので」

自分でもわかる。エレノーアのことになるとどうしても視野が狭くなる。今、こうしている間にもエレノーアが傷ついているかもしれない。そう思うだけで、怒りが込み上げてくる。そして、無力感に襲われる。

なぜ俺は、公爵家に生まれなかったのか。なぜ、伯爵家に生まれてしまったのか。もっと、家の爵位が高ければ彼女のことを……。伯爵位では、その想いを抱くことすらも許されない。それほどまでに、エレノーアと俺の家の位は違う。なにせ彼女は、殿下の婚約者候補筆頭だ。そんなエレノーアに対し、度が過ぎた好意は伯爵家の俺が抱いていい感情ではない。だから、これは持たざる者の一方的な恨みに過ぎない。

そう理解していてなお、願い、思うのだ。エレノーアを傷つけるのならば、その身分も、その力も、全て俺にくれと。俺ならば、彼女を傷つけたりはしない。彼女を全力で守る。

なぜ、その力があるお前が彼女を傷つけるのか。歯痒く思っていると、教室の中からエレノーアの声が聞こえてくる。もう、話は終わったと。

その声で、俺を止めていた生徒たちは退き、俺を教室の中へと通す。

どうか、エレノーアが傷ついていないように。

そう願いながら俺は教室の中へと足を踏み入れた。

◇　◆　◇

レイスト様との一件があった後日、学園へ早めに到着した私はルイス様と落ち合うために、いつもの場所へ来ていた。

こうして約束をして会う、ということは今までなかったのだが先日の件があったからなのか、ルイス様から呼び出し……、もといい、約束を取り付けられた。

「……来られましたか。おはようございます、エレノーア嬢。このような早い時間に呼び出してしまい申し訳ありません」

「いえ、お気になさらないでください。ルイス様が私を心配してくださっての行動なのだと思っておりますから」

ルイス様が心配性なのは、なにも今世からではない。前世の時からずっとそうだった。だからこそ、今回もそうなのだろうと思い、何も疑問など感じなかった。

「……えぇ、まぁ。確かにそれもありますが。先日は、大丈夫でしたか？　本当にレイストに何かされたりなどはしませんでしたか？」

よほど心配だったのだろう。ルイス様はどんどん質問を追加してくる。そのような彼に苦笑をもらし、私は答える。

「大丈夫です。本当に、何もされてなどいませんから。レイスト様は確かに、少々騙されやすい方ではありますが、女性に手を上げるような方ではありませんもの。ただの話し合いで終わりましたし、少しお話しすれば納得されましたから。ですから、そう心配されなくとも大丈夫ですよ？」

レイスト様はすぐに他人のことを信じる。だが、だからといって簡単に手を上げることはない。先に手を出されない限りは。特に、女性に手を上げるようなことは絶対にしない。騎士を目指す者として、自分がやってはいけないことはちゃんと弁《わきま》えているのだ。少々、考えは足りないが……

「そう、ですか。それならば良いのですが……」

あからさまに安堵したような表情をルイス様は浮かべる。その表情が、いつもよりも少しだけ優しく感じるのは気のせいなのだろうか。

「心配してくださり、ありがとうございます。それより、もうエレノーアとは呼ばないのですか？」

「そ、れは……。その、レイストや殿下につられたといいますか……。忘れてもらえると助かります」

呼び方が戻ってしまったことを少し残念に思い尋ねると、ルイス様は珍しく狼狽《うろた》えた。先日に加え、こんなにもルイス様の取り乱した姿を見るのは珍しく、思わず笑ってしまう。

「笑うことはないでしょう」

「ふふ、申し訳ありません、つい。ルイス様さえよろしければ、これからもエレノーアと呼んでいただけませんか？」

私がそう言うと、ルイス様はふっと目を細め、笑みを浮かべた。

「あなたがそう仰るのなら喜んで。それと……。ユリア・フレイシア伯爵令嬢、彼女にあまり近付かないようにしてください。彼女はあまりにもおかしい。レイストに近付き、あなたを陥れようとしたこともそうですが……。それ以前も、あなたのことを悪く言い、あなたの友人方を怒らせたのだとか。彼女には何か、別の目的があるように思えます。その目的がわからない以上、彼女は危険です」

ルイス様は明らかに、目の敵にしていた。ユリア様に一体何があるのだろうか。

それがなくとも、私はあまり関わりたいとは思わない。少なくとも、私の大切な友人や幼馴染を巻き込み、私を陥れようとした彼女とは距離を置きたい。

それに、前世での誓いがある。

だがやはり、今回も前回と同じように彼女に関わることになるのだろうか。

「危険、ですか？」

「……えぇ。いくらレイストが騙されやすいとはいえ、元々していた約束を放り出すなどという不誠実なことをする男ではありません。少なくとも、私はそう思っています。にもかかわらず、レイストは私との約束を忘れ、放り出した。レイストに聞いた際、あいつも不思議そうにしていたのですよ。なぜかはわからないが、何をしてでもユリア嬢を助けなければいけないと思った、とね」

ルイス様の言葉に、私は素直に驚いた。レイスト様をそれだけ信用しているというのもそうだが、何よりレイスト様がそんなわけもわからない状態で、私のもとに来たとは。それではまるで、洗脳のようではないか。

「……確かに、それはおかしいですね。わかりました。できる限り、ユリア様には近付かないようにいたします」

「えぇ、そうしてください」

私がそう言うと、ルイス様は安心したように微笑んだ。

◇
◆
◇

「あぁ、もう！　なんでああなるのよ！　レイスト様も、レオン様も皆おかしいわよ！　だってみんなエレノーアを嫌いなはずでしょう！　なのに、どうして彼女を庇うわけ？」

彼女は人のいないところで、そんなことを口走る。だが、彼女にとっては当然の怒りだった。

彼女にとって、エレノーア・エルスメアとは皆から嫌われていなければならない存在なのだ。

そうでなければ、あの幸福な未来は訪れないのだから。

「なのに、なんでなのよ！　なんで、あの女が嫌われていないのっ……！　レオン様なんて、嫌っているどころかあの女におとされてるじゃないのよ。しかもレイスト様まで……。全く、なんなのよ。こんなの、ありえないわ。絶対に認めないいんだから！」

そう、ありえない。本来ならこんなことはありえなかったのだから。

彼女は綺麗に整えられた爪を噛む。至って平凡な容姿を持つ彼女だが、その言動は異常だった。

「……ええ、そうね？　いっそのこと消してしまえばいいんだわ。結局、あの女は退場するのだもの。ちょっと早いか遅いかの違いだし、別にそれが少しくらい早くなってもいいわよね？　だって、邪魔なんだもの」

独り言を呟き、彼女は妖しく笑みを浮かべる。

そう、シナリオの通りに、退場してもらわなければならない。エレノーア・エルスメアには。なぜなら、この世界は――

「彼女のためにあるんだもの。エレノーア・エルスメア、あなたのための世界じゃないわ。ここは、この世界は、ユリア・フレイシアのための世界よ。彼女の邪魔なんて、私が許さない。邪魔をする奴は、皆、私が消してあげる。そうじゃなきゃハッピーエンドじゃなくなっちゃうもの」

そう、彼女は信じて疑わない。この世界の中心はユリア・フレイシアであるのだと。

ユリア・フレイシアがハッピーエンドを迎える以外の選択肢など、彼女は与えるつもりはないのだ。もし、そのハッピーエンドを邪魔するのならば、誰であろうと消すつもりでいるほどに、彼女は狂っていた。

「だってだってだって、バッドエンドだなんて可哀想だもの。そんなの許さない。主人公には幸せなエンドを贈らなきゃ。それが、物語でしょう？　そのための登場人物よ。勝手なことなんて許さない。主人公に不幸なエンドが訪れるなら、私が無理矢理にでも変えてあげる。だってそれが、私が繰り返す意味だもの」

とうの昔に始まりなんて忘れ去った。でも、もう嫌というほどに知っている。主人公に幸せを。悪役には不幸せを。シナリオ通りハッピーエンドに進めなければ、彼女自身も地獄を見ることになるのだと。抗っても抗っても結局未来は変わらなかった。

だからこそ、彼女は認めない。主人公たるユリア・フレイシアの幸福と、悪役であるエレノーア・エルスメアの不幸以外の結末を。だから……

「エレノーア・エルスメアを消すわ」

彼女の望む、結末のために動き出すことを決意した。それが、最良であると信じて。

◇　◆　◇

放課後、私はレイスト様に呼び出された。

「エレノーア、先日はすまなかった。そのお詫びにといってはなんだが……。王都にできたばかりのカフェがあるだろう。良ければ今度の休日に行かないか？」

呼び出した理由は、先日の件についての謝罪だった。お詫びでカフェに、というあたりレイスト様にしては珍しい。

「お詫びだなんて、誤解はもう解けたのですから気にしないでください」

「それでは俺の気が収まらない。もちろん、それだけで許されるとは思ってなどいない。……なんでも、その店はシフォンが美味いらしい。エレノーアは昔からシフォンが好きだっただろう？」

シフォンは私の好物だった。それをレイスト様が覚えていたこと、わざわざ調べてくれたのであろうことが嬉しく、それと同時に恥ずかしくもある。

とはいえ、シフォンが美味しいと言われれば、私に断るという選択肢はなかった。

「……楽しみにしていますね」

レイスト様との約束の日、私は少し早めに屋敷を出て、広場の噴水の前で彼を待つことにした。

私の好物であるシフォンが絶品のカフェのことを考えると自然と気分が弾む。

「遅くなってしまい申し訳ありません、エレノーア」

だからこそ、その声に驚いた。水色の髪を持つ、彼がいることに。

「いえ、私も今来たところですから。ですが、その……。なぜ、ルイス様が？」

なぜここに、という疑問が浮かぶ。その疑問にルイス様は困ったように眉を寄せ、答えた。

「レイストは急用が入ったらしく、私が代わりを頼まれました。私でよろしければ、レイストの代わりに今日一日、あなたをエスコートさせてはいただけませんか？」

ルイス様が優しく笑みを浮かべ、私に手を差し伸べる。その瞳が少し不安げに揺れるのがおかしくて、私は少しだけ笑ってしまった。

「はい。ルイス様さえよろしければ、ぜひ」

ルイス様の手に、私も笑顔で手を重ねる。少しホッとしたようにルイス様が息を吐き、目を細めた。いつになく緊張した様子のルイス様を見ているとなぜか私まで緊張してくるのだから不思議だ。

「ですが、その……。申し訳ありません。私のせいでルイス様にまでご迷惑をおかけしてしまい」

「まさか、迷惑だなんて思うはずがありません。それにエレノーアが悪いわけではないでしょう。元はと言えば、レイストが来られなくなったのが悪いのですから。あなたが気にする必要など、ありませんよ。実は、私も楽しみでしたから」

その言葉に、私は驚いた。ルイス様が楽しみにしていたこともだが、それは確かに昔、ルイス様から言われた言葉だったから。

あれは確か、前世で殿下と劇場に行く約束をしていた日のことだったはずだ。その日の朝にユリア様が倒れ、約束をすっぽかされた。事情を知らなかった私は、次の日に学園で殿下に怒ったのだ。なぜ、来てくれなかったのだ、と。その結果、殿下とユリア様の周りにいた方々からかなりの批判を受け、あの場所で泣いていたのだ。なぜ言伝すらなかったのだと殿下に怒り、周りの方々からの言葉に傷つき、ユリア様の傍を離れようとしない殿下に怒り悲しんで……その時にルイス様が言ったのだ。

『エレノーアが悪いわけではないでしょう。元はと言えば、あなたに理由を話すこともなく約束を放棄した殿下が悪いのです。殿下が連絡の一つもできないとは思いませんでした。何より、婚約者との約束の前にほかの女性と共にいた方が問題でしょう。約束がなくとも、婚約者以外の方と二人でいること自体問題です。何も知らず、あなたを悪と決めつけるような者など放っておけばいいのです。あなたが気にする必要など、ありませんよ』

その時のルイス様はとても怖かった。いつもよりも数段声が低く、瞳には怒りの炎が揺らいでいるようにすら見えた。

だがあの時の私はそれが嬉しかったのだ。あの時唯一、ルイス様だけが私のことを見てくれる人だった。私の立場も考え、善悪を判断してくれた。

「ルイス様は、優しいですね」

前世から、ずっとそれだけは変わらない。ルイス様は優しく厳しい方だ。きっと、誰よりも優しいからこそ、自分だけには厳しくする。そんな人なのだろう。だからこそ、私はルイス様を信頼している。

「……優しいなどと言われたのは初めてです。エレノーアはやはり、変わっていますよ。こんな私に優しいと言うなど。そのような言葉ほど、私に似合わないものはないというのに」

「優しいですよ。今日だって嫌な顔もせず、こうして私に付き合ってくださっています。先日だって私のことを心配して来てくださいました。レイスト様の勉強だって、ルイス様が教えていると伺いました。ルイス様は十分、優しいと思いますよ」

少なくとも、私はそんなルイス様にずっと救われてきた。そんな思いで口にすると、ルイス様がどこか恥ずかしそうに顔を赤く染め、視線を逸らした。

気を取り直して目的のカフェへと向かうと、まだ開店前だというのに既に長い行列が作られていた。予約しているとはいえ、多少待ち時間はありそうだ。

わざわざお忙しい中、私に付き合ってくださっているルイス様に対して大変申し訳ない。

「すごい人気ですね……。待てますか、エレノーア？　待てないようでしたら座って待っていてください。私が並んでいますから」

付き合わせてしまっているのは私だというのに、気遣ってくれている様子のルイス様に余計申し訳なく思う。だが、その気遣いがとても嬉しい。

「いえ、大丈夫です。それに一人で座って待っているよりも、ルイス様とお話ししていた方がずっと楽しいと思いますから」

普段、ルイス様とお話しする機会はかなり少ない。いつもの場所へ行っても会わないことだってある。話していても、最近の内容は近状報告やユリア様の注意くらいだ。だからこそ、学校外でこうしてルイス様とゆっくりお話しできる時間は貴重で、少しだけわくわくしている。

「ルイス様、どうかされましたか……？」

なぜか、急に私と顔を合わせようとはしなくなったルイス様に不安が押し寄せる。

私は何かしてしまったのだろうか。もしくは、具合が悪くなられた？　ルイス様は日頃から忙しくされている方だ。無理が積もって体調を崩している状態も十分にありえる。

「い、いえ……。なんでもありません」

なぜかルイス様の顔が赤くなっているのが気になった。やはり、熱でもあるのではないだろうか。過労による発熱という可能性もある。

「ルイス様、顔が赤いですが……。本当に、体調は大丈夫なのですか？」

「……えぇ、大丈夫です。体調管理はちゃんとしていますから。私としては、エレノーアが心配なのですが……。文官になるためと言って、また無理をしてはいませんか？　あなたが体調を崩せば、心配する者も多いのですから気を付けてください」

むしろルイス様が私を気遣うような、優しい目をこちらに向けてくる。

それが嬉しいような、気恥ずかしいような、不思議な感覚になる。

「はい、ありがとうございます。ですが大丈夫です。その前に止められてしまいますから」

笑顔で口にすると、ルイス様は呆れたような表情を見せた。

「あなたは、誰かに止められなければ無理をするのですか。まったく、仕方のない人ですね……」

困ったような表情を浮かべるルイス様から私は目を逸らす。……さすがに、サーニャが寸前のところで止めてくれるとはいえ、少しは気をつけた方が良いのかもしれない。

「エレノーアは、よくこのような店に？」

落ち込んだ様子を見せた私に気遣ったのか、ルイス様が話題を変えた。

「たまに、甘いものを食べたくなるんです。それに、シフォンが好きで……。ルイス様は、このようなお店をご利用されるのですか？」

偏見ではあるが、ルイス様は甘いものが苦手だとばかり思っていた。学園で、令嬢の贈ってきた甘いもの……。クッキーなどを受け取ることは決してなかったから。だから、正直レイスト様の代役とはいえ意外だった。

「いえ、私はあまり来ませんね。殿下やカインと共に来ることはありますが、そのくらいでしょうか」

殿下という言葉に一瞬驚きはしたものの、ルイス様も側近候補の一人であったと思い出し納得した。どうしても、ルイス様が側近候補であると忘れてしまう。ルイス様が殿下と共にいるところをほとんど見ないのが原因なのだろうか……

「ですが、甘いものは嫌いではありませんよ」

「……意外です。学園では、クッキーなどは断っていらっしゃるようでしたので、てっきり苦手なのかと思っていました」

「よく知らない方から何かを受け取ってしまうと、後ほど面倒なことになりますから」

面倒、と言われ思い浮かぶのは様々だが、確かにそうなりそうだ。

「それでは私が作ったものは受け取ってくださるのですか？」

多少の悪戯心からそんな問いかけをしてみると、ルイス様は目を見開いた。かと思えば、すぐに笑みを浮かべた。

「えぇ、もちろんです。エレノーアからであれば受け取りますよ」

驚きはしていたが、あまりにもあっさりと肯定されてしまい、私は何も言えなくなった。ルイス様は、色々とズルい人だと改めて思った。それとも今度、機会があれば本当に作ってみようかしら……

それから少しして、ようやく店内に入ることができた。店内は、白を基調としたとてもシンプルな内装だった。私たちは、奥の一番良い席へと通される。多分、高位貴族だからなのだろう。公爵家に名を連ねるレイスト様が予約をしたというのが一番の理由だろうが。

「エレノーアはどれにするか決まっていますか?」

「いえ、こちらのベリーのものか、チョコレートのものか迷ってしまって……。ルイス様はもう決められたのですか?」

私が問いかけると、ルイス様は笑みを浮かべた。いつもの、優し気な笑みだ。そして、レイスト様にルイス様の笑顔について話したらなぜか笑われたのを思い出す。レイスト様にはルイス様の笑みは冷たく感じるらしい。こんなにも温かみがあるというのに。

「でしたら両方とも頼めばいいでしょう。半分ずつ分け合えば、両方食べられるでしょうから。もちろん、エレノーアがよろしいなら、ですが」

その提案は、私にとっては嬉しいものだった。とはいえ、良いのだろうかと不安になる。

「それは嬉しいですが、ルイス様はそれでよろしいのですか……?」

「ええ、もちろんです。私もちょうど、どれにしようか迷っていましたから。あぁ、飲み物は何にしますか?」

「では、紅茶を」

ルイス様は笑顔で頷くと、近くのウェイトレスを呼び、注文をした。注文から少しして、二種類のシフォンが運ばれてきた。いつの間に頼んだのか、取り皿が二枚用意されていて、ルイス様が切り分けてくれる。

「どうぞ」

「ありがとうございます」

切り分けられたそれに私は思わず笑みを浮かべた。チョコレートのシフォンから一口大に切り、口に運ぶ。フワッとした食感と、まるで溶けていくかのように口の中でなくなるシフォンの美味しさに私は感嘆をもらす。生地があまり甘くないからなのかチョコレートの甘みがちょうどいい。そのチョコレートもビターのものを使っているのだろう。添えられている生クリームと共に食べても決して甘すぎるということはなかった。

次に、ベリーのシフォンを口に運ぶ。チョコレートの甘みとは違い、甘酸っぱい風味が口いっぱいに広がった。生地にもベリーが入っていて、とても凝っている。生クリームと共に食べると、酸味と甘みがマッチしていてとても美味しい。

「エレノーアは、美味しそうに食べますね」

ルイス様の言葉にハッとして恥ずかしさに俯いた。すっかりシフォンに夢中になっていたが、ルイス様と来ているのだ。先ほどまでの姿を見られたかと思うと目も合わせられないくらい、恥ずかしさが込み上げてくる。

「わ、忘れてください……！」

「えぇ、まぁ。そうですね、善処はします」

かなり曖昧に返されてしまった。忘れる気がないとも取れるその言葉に余計恥ずかしさが込み上げてくる。だが、だんだん落ち着きを取り戻してきて、少しでも何か仕返しができないかと改めてルイス様を窺うと、シフォンに手をつけていないことに気付いた。やはり、甘いものが苦手なのだろうか、と勘ぐってしまう。

私の視線に気付いたのか、ルイス様が小さく笑った。


カフェを後にしたのち、私はルイス様と王都の街を回ることにした。その中で、ルイス様へのお礼の品を購入できれば、という思いも込めて。

もう一つの理由としては、文官採用試験用の本が欲しかったからだ。ルイス様は既にそういった勉強をしている。

そのため、ルイス様のおすすめを教えてもらいたいと思ったのだ。彼の勧めるものほど信用できるものはないから。そんなわけで書店まで来たものの、予想以上に文官採用試験のための本が多かった。

参考書から問題集まで様々だ。その中で、ルイス様に何冊かピックアップしてもらい、数十冊の本の中から三冊まで絞ってもらった。とはいえ、やはり迷ってしまう。

「お気に召さないようでしたら、別のものも探してみましょうか？」

なかなか決められずにいた私の様子をみかねたのか、どこか申し訳なさそうにルイス様がそう口にした。

そんなルイス様に私は慌てる。ルイス様が申し訳なく感じる必要はない。むしろ、ここまで付き合わせてしまっている私の方が申し訳なく思うべきなのだ。

「い、いえ！　その、参考程度にお伺いしたいのですが……。ルイス様はどの本をお使いになられているのですか？」

「私、ですか？」

珍しく、驚いたような表情をするルイス様に、笑ってしまいそうになる。ルイス様でも、そのような表情をするのだと初めて知った。

「私の使っているものでしたらこちらの本ですね。ただ、わかりやすくはありますが、文官試験には出てこないような内容もありますので、あまりオススメはできませんが……。その分、一つ一つ丁寧に書かれているので学びやすくはあるかと思いますよ」

ルイス様は右側に置いてあった本を指した。確かに、範囲外の内容も書いてあるのだろう。ほかの本よりも分厚く重そうだった。

だが、その本に書いてあるのであれば、文官となるうえで必要な知識なのだろう。私はそう判断し、その本を購入することを決めた。何より、ルイス様が勧めるものであれば信用できる。

「でしたら、その本にいたします。試験範囲外のことも知っておきたいですから」

私の言葉にルイス様は笑顔を浮かべた。

いつもよりも優しく向けられる視線に少しだけ、ほんの少しだけ気恥ずかしさを感じる。

「ええ、確かにそうかもしれませんね。地域の特色や歴史なども詳しく書かれていますから。少なくとも、覚えておいて損となるようなことはないでしょう」

ルイス様の一押しもあり、私はその本の購入を済ませた。今さらかもしれないが、私はルイス様に頼ってばかりのような気がする。

「エレノーア、ほかに行く所はありますか？」

「……では、あと一か所だけよろしいでしょうか」

おずおずと口にすると、ルイス様が目を細めた。

「ええ、もちろんです。エレノーアが望むのならばどこへでも」

ルイス様の優しげな声と笑顔のせいで、思わずドキッとしてしまう。それと同時に納得もする。令嬢方にルイス様が人気の理由を。このような声や笑顔を向けられれば勘違いもするだろうし、何より……。そんなことを考えながら、私は目的の店へと足を向けた。

私の目的の店であるドライフルーツを販売している店に着くと、ルイス様は物珍しそうにあたりを見渡した。それもそうだろう。この店は一見、普通の民家でとてもお店のようには見えない。ショウウィンドウはもちろん、看板すらもないのだから。それに加え、大通りからも外れている。となれば、店だと思う人もいないだろう。

「エレノーアはよく、このような店を知っていましたね……」

「ええ、まぁ。私の家で働いている料理人の一人がここの店主とお知り合いでしたので、特別に教えていただきました。ここのお店のドライフルーツは美味しいのですよ」

「さすが、というべきなのでしょうか……」

それはどういう意味なのか。気になりはしたものの、私はただ微笑むだけでその言葉を流すことにした。

店内に入ると「カランカラン」という小さな可愛らしい鐘の音と共に、ドライフルーツのフルーティーな香りが私たちを包み込む。その来客を告げる鐘の音で客が来たことに気付いたのか、奥から店主が顔を出す。

「お……？　誰かと思えば、エレノーア嬢ちゃんか。それに、今日はサーニャと一緒じゃないんだな。ほほう、エレノーア嬢ちゃんがデートとは、今日は珍しいこともあったもんだ」

なんて、私とルイス様を見て店主が可笑しそうに笑う。私はそんな店主に呆れるだけであったが、ルイス様はそうではなかったようで、顔を赤く染めて眉を寄せている。

……そんなに嫌がらなくとも、と思いちょっとばかり私は不機嫌になる。

「デートではありません。ルイス様をからかわないでください！」

「悪い悪い。坊ちゃんも、すまなかったな。エレノーア嬢ちゃんも、そう怒るなって。ま、お詫びと言っちゃなんだが、お茶でも淹れてやるよ」

店主は悪びれる様子もなく口にして、奥へ戻っていく。

何分、身分にこだわりを持たぬ人だ。貴族であろうと、王族であろうと自分が気に入らなければ何も売りはしない。逆に、自分が気に入ればこうして軽口を叩き、お茶を淹れ歓迎してくれる。そんな彼の店だからこそ、私はこの店が好きなのだ。

「申し訳ありません、ルイス様。先に申し上げておけばよろしかったですね。このような店主ではありますが、彼の淹れるお茶は本当に美味しいんですよ。ぜひ、ルイス様に飲んでいただきたくて……」

同じフレーバーのものを使っていても、彼が淹れるか淹れないかで香りにかなりの差が出てしまう。この店を知っている一部の貴族が彼の性格を気にせず、何度も足を運ぶくらいに美味しい。

「ほれ、今日はアプリコットティーだ。こいつなら、そっちの坊ちゃんも飲めるだろ」

さりげなく気遣ってくれるあたり、さすがとしか言いようがない。彼が出してくれたアプリコットティーを一口飲む。すると、ふんわり優しい香りと、控えめな風味が口いっぱいに広がった。柔らかな香り付けのそのお茶はとても飲みやすかった。

「これは……」

ルイス様も一口飲み、驚いたようにティーカップを見つめていた。

「エレノーアが認めるだけあり、とても美味しいですね。普段はあまり口にしませんが、とても飲みやすい」

「そりゃ、良かった。気に入ってもらえたんなら何よりだ。まぁ、坊ちゃんの好みがわからなかったから一番飲みやすいのにしたしな。嬢ちゃんの連れなら、客として来てくれても歓迎するぜ」

ニッ、と笑う店主を見るに、どうやらルイス様は客として認められたようだ。まるで私が認められたかのように感じて嬉しい。

ゆっくりお茶を楽しんだ後、本来の目的であったドライフルーツとフレーバーティーをいくつか購入し、店を出たところで会いたくない方と鉢合わせしてしまった。

なぜ、この方がこんな場所に……。と思うのも当然だ。なにせ、この国の王太子ともあろうお方なのだから。そのお方が護衛をまともに連れず街を歩いているなどとは思いもしないだろう。

「エレノーアと、ルイスか？　ここで会うとは偶然だな。だが、なぜ二人が共にいる？」

私は思わず、殿下から目を逸らした。なぜか殿下はルイス様と共にいることを責めているような気がしたのだ。……そんなはずが、ないとわかっているのに。そんな私を庇うように、ルイス様が薄く笑みを浮かべ前に出た。

「殿下が気になさるほどのことではありませんよ。本来、彼女をエスコートするはずだった人物が急遽予定がつかなくなってしまったため、私がその代役をお引き受けしただけのことです」

「へぇ、珍しいこともあるもんだな。ルイスがそんな代役を引き受けるなんてさ。誘っても『私は忙しいので』とか言っていつも断ってるってのに」

カイン様が本当に珍しいものを見るかのような目をルイス様に向けた。それに驚いた私と少々バツの悪そうな表情を浮かべるルイス様。そのルイス様に対しなぜか敵意のこもった目を向ける殿下という、よくわからない構図となっていた。

「……ええ、まぁ。女性を一人で行かせるわけにはいきませんから。それに、本来来るはずであった人物には借りがありました」

「令嬢を鬱陶しいと言っていたくせによく言う」

「ただ、他人のことを考えず付き纏《まと》われるのが鬱陶しいだけです。知らない令嬢に付き纏《まと》われたところで迷惑なだけでしょう。ですが、努力をする人は好きですよ」

殿下とルイス様の間でバチバチと火花が散っているような気がするほどに緊張感が漂っていた。

それに伴い、ルイス様の笑顔がいつもと違い、黒いオーラを纏《まと》っているように見えてくる。なんだか不思議だ。そして、急に殿下はルイス様から視線を逸らし、私に目を向けた。

「まぁ、いい。せっかくだ。エレノーアさえ良ければ一緒にどうだろうか？」

少し緊張した様子なのは、ルイス様が睨みつけていたからだろうか。私は頭を下げた。

「申し訳ありません、殿下。とても嬉しいお誘いなのですが、今はもう帰るところなのです。帰りが遅くなってしまっては家の者が心配してしまいますから」

私が断りを入れると、ルイス様が一瞬だけ微笑んだ。

「そ、うか……。ならば仕方ないな。では屋敷まで送っていこう」

残念そうな顔を見せたかと思えば、今度は笑顔で別の提案をしてくる。明らかに殿下の様子がおかしいが一体どうしてしまったのだろう。

「いえ、殿下は王宮へお帰りください。彼女は私が送りますからご安心を。見たところ、殿下の護衛はカイン一人のご様子。その様子では、また何も告げずに王宮を抜け出してきたのでしょう。であれば、そろそろお帰りになった方がよろしいかと思われますが？」

ルイス様の口から出た言葉にまさか、と思い殿下とカイン様を見ると、二人して顔を背けた。

どうやら本当に王宮を抜け出してきたらしい。しかも、護衛がカイン様一人とは一体何を考えているのだろうかこの方は。ルイス様の言葉からすると、それも一度や二度ではなく、よくあることのようだ。私は、呆れたように二人へと視線を向けた。

「……仕方ない、今日のところは帰る。エレノーア、また学園でな」

どこか残念そうな殿下がカイン様と帰った後、結局そのままルイス様に屋敷まで送ってもらうことになった。ルイス様ともう少しお話ししたかったのに残念だ。

とはいえ、ルイス様の貴重な時間をこれ以上もらうわけにもいかないので仕方がない。

「ルイス様、今日はありがとうございました。ルイス様のおかげでとても楽しめましたし、良い本も手に入れることができました」

素直にお礼の言葉を口にすると、ルイス様は目を丸くし、少しだけ気恥ずかしそうに目を逸らした。いつもは余裕のある表情を浮かべているルイス様が、だ。その珍しさに少しだけ笑う。

「……いえ」

「ルイス様とこれだけ色々とお話ししたのは初めてでしたし、とても楽しかったです」

今まで、休み時間や放課後に数分、長くて十分程度話すくらいだったのだ。だからなのだろうか。

とても楽しかった。ルイス様と色々お話しして歩くのがとても。珍しいルイス様を見ることもできた。

ルイス様を見ると、なぜか顔を赤く染めている様子が目に映る。

もしや、体調でも悪かったのに無理をさせてしまっていたのだろうか。そう思うと一気に不安が込み上げてくる。

「私も、とても楽しませてもらいました」

頬を赤くしながらも自然に笑みを浮かべたルイス様の瞳を見て、少しだけ安堵する。その瞳は、あまりにもまっすぐで綺麗だった。そのまっすぐさに、ドキッとするのは仕方のないことだ。誰だってこの瞳を見ればそうなるだろうから。

「もしも、今度は私がエレノーアを誘えばその時は付き合ってくれますか？」

「はい、ルイス様のお誘いでしたら喜んで」

私の返答に気が抜けたようにルイス様はホッと息を吐いた。そして、少しだけ眉を寄せる。困ったように。

「……本当に、昔からズルい人だ。あなたは」

「……え？」

微かに耳に届く程度の声だった。ズルい人、と私のことを言ったのだと理解するのに、しばらく時間がかかった。

だが、昔からというのはどういうことなのだろうか。昔、どこかで会ったことがあるのだろうかと思い出そうとするが、やはりわからなかった。

「いえ、なんでもありません。忘れてください」

本当になんでもなかったかのようにルイス様は笑った。

その笑顔に、私は何も問いかけられなかった。

「……では、またいつもの場所で会いましょう。勉強を頑張るのは良いですが、やりすぎないように気を付けてくださいね、エレノーア。あなたはたまに、やりすぎてしまうようですから」

心配とちょっとした意地悪が入り交じった言葉に、羞恥で顔が赤くなる。誰が話したのかは容易に想像がつく。多分、いや確実にレイスト様だろう。そのことを知っている者は少ないから。

「……善処いたします。ですが、ルイス様も気を付けてください。では、これで失礼させていただきます。お忙しい中今日は私に付き合っていただき、ありがとうございました」

私は最後に、そう微笑み屋敷に戻る。

……屋敷に帰ってきたは良いものの、先ほどのルイス様との会話のせいなのか顔に熱が溜まる。

その理由がわからないから本当にタチが悪い。

「……クッキー、受け取ってもらえるかしら」

そんな不安を消し去るように、買ってきたばかりのドライフルーツの入った袋をギュッと抱きしめる。このドライフルーツはルイス様へと渡す予定の、お礼のクッキーに使うものだ。私からのものならば、受け取ってくれると言っていた。

だが、ルイス様は優しい方だ。あれはただの気遣いであり、迷惑になるかもしれない。そう思いつつも受け取ってくれるのではないかという淡い期待を抱いていた。

「おかえりなさいませお嬢様！　あっ、も、もしやその袋はドライフルーツですか……！　ということは、もしかして今から何か作りますか？」

私の不安が吹き飛ぶような明るい声で話しかけてきたのはサーニャだった。

眩しいくらいの笑顔で問いかけてくる彼女に私は苦笑した。そのおかげで気分が晴れたのも事実なので、密かに感謝をする。

「えぇ、今日私に付き合ってくださった方に、クッキーを作ってお渡ししようかと思っているの。無理に時間を作ってまで、私と一緒にいてくださったみたいだから。お相手の方が喜んでくださるかはわからないけれど……」

きっと殿下の言葉通りであるのならば、ルイス様は多忙であったはずだ。それを、わざわざ私のためだけに時間を作り、付き合ってくださったのだからお礼をしないわけにはいかない、と自分を納得させ私は厨房へ足を向ける。

「エレノーアお嬢様の作ったクッキーなら絶対、お喜びになります！　喜ばない人なんていませんよ。そんな人がいるのなら私が奪います！　だって、お嬢様の作るお菓子はとっても心がこもっておりますし、美味しいですから！」

きっと、サーニャは心の底からそう思ってくれているのだろう。それがわかって、少しだけ心が楽になる。

とはいえ、冗談だとしても奪うというのはどうかと思うけれど……だがそれだけ喜んでもらえると考えれば嬉しい。

「ありがとう、サーニャ。そう言ってもらえて嬉しいわ」

「むむっ！　さてはエレノーアお嬢様、信じていませんね。本当に美味しいですから。お嬢様の作ったものを食べない人がいるならその時は私が奪い取ります！　私が食べちゃいますからね！ですから、大丈夫です。そんな心配そうな顔、しないでください。エレノーアお嬢様は、むしろ自信過剰になるくらいがいいと思います」

どうやら、私の心配は表情に出てしまっていたらしい。

だが、そんなに心配そうな表情をしていたのだろうか。サーニャにそんなことを言われるほどに？

「えぇ、そうね。もう少し自信を持ってみるわ。ありがとう、サーニャ。あなたには励まされてばかりね、私。けれど、冗談でも奪うというのは良くないと思うわよ？」

転生してから今まで、ずっとサーニャに励まされてきた。

いいや、今考えればきっと転生前から私は彼女に励まされてきたのだ。それに今さら気付くのだから、我ながら全く酷い。

「……クッキー、ルイス様に喜んでいただければ良いのだけれど。あとでサーニャにも渡しましょうか」

そんなことを思いつつ、私は厨房でお礼のクッキー作りを始めた。ただ、ルイス様のことを考えながら。

翌日、ルイス様に会うために私は早めに屋敷を出て、いつもの場所で待つ。ルイス様が今日、この時間にここへ来るとは限らないが。

だが、なんとなくではあるが今日は会えるような気がしていた。ただ問題があるとすれば、異常なほどに緊張しているということだろう。

「……えぇ、別に先日のお礼を渡すだけだもの」

何度目かになるその言い訳を口にして、心を落ち着かせようと心がける。にもかかわらず、浮かんだのは屋敷を出る前に見たサーニャの表情だった。微笑ましいものを見るような、優しく生温かい視線とその笑顔に、なぜだか羞恥心が込み上げてきた。

「……エレノーア？」

その聞き慣れた、落ち着いた声に思わず固まった。来るかもしれない、とは思いつつもいざ来るとなると緊張で固まってしまったのだ。

一度大きく息を吐き、落ち着きを取り戻すと笑みを浮かべた。

「おはようございます、ルイス様」

「おはようございます。エレノーアがこの時間からこの場所へ来るのは珍しいですね」

おかしそうに笑うルイス様にドキッとする。何もやましいことなどないはずなのに。

「そう、かもしれません。ご迷惑だったでしょうか？」

「いえ！　エレノーアならば迷惑などと思うはずがありませんよ。もしそう思っているのであれば、ここには来ませんから」

ルイス様の言葉に納得する。確かに、ルイス様であればこの場所以外にもっと良い場所を知っていそうだ。もし、私を迷惑だと思っているのならば、既に私に知られているこの場所に来なければいいだけなのだ。そう思いあたり、安堵する。

ルイス様にも私の考えが伝わったのか再び笑われる。

それから少し、二人で話しているうちに時間になる。

「そろそろ教室へ行かなければいけませんね。とても楽しい時間でした。では、また……」

そこまで、ルイス様が言いかけたところで、私は当初の目的を果たすために心を決めた。

……本当にギリギリになってしまい、緊張してタイミングを逃してしまったのが悪いのだが。

「あの……。昨日はお忙しい中私に付き合ってくださり、ありがとうございました。もし、よろしければ受け取ってくださいませんか」

鞄からドライフルーツ入りのクッキーを取り出しルイス様に渡す。

あの時は受け取ると言ってくれたが、もしかしたら受け取ってもらえないかもしれない。そう思うと再び緊張が襲いかかってくる。普段はそこまで、緊張することがないのに。

「ありがとうございます。……エレノーアの手作りですか？」

「はい。ただ、その……ルイス様のお口に合わなければ申し訳ありません」

それがずっと不安だった。ルイス様が受け取ってくれたとしても、もし、口に合わなければ……と。そんな考えを払うように、ルイス様はクッキーの包みを開くと一枚だけ口にした。

「とても美味しいですよ。このような貴重なものを、わざわざありがとうございます。エレノーアがお菓子作りまで得意だとは知りませんでした。それに、このドライフルーツはあの店で購入されていたものでしょうか？」

「はい。ルイス様も気に入られていたようでしたので、入れてみました」

優しく微笑んだ彼を見て、私もつられて笑みを零す。

ルイス様に喜んでもらえたことに対する喜びで胸がいっぱいで、それだけで今日も一日頑張れそうな気がしてくるほどだ。

……本当に、ルイス様はすごくて、ズルい。

昼休みの時間、珍しくレイスト様が私の教室に訪れた。不審そうに目を向けているミアとフィアも一緒に。レイスト様はあれでも公爵家の人間だというのに、ミアとフィアもたくましくなったものだと思う。

……いや、フィアは最初から変わらないような気もする。強いて言うのならば、ミアがフィアの性格に近付いたのだろう。

「ミアとフィア、いらっしゃい。二人と一緒にレイスト様がこちらの教室まで来るだなんて、どうかなされたのですか？」

警戒心を忘れてはいない。もちろん、言いがかりの件であれば気にしてはいない。もう過ぎたことであり、誤解も解けたもの。

だが、ほんの少しだけ恨みがあった。あの日、約束した場所にレイスト様は来ず、代わりに代役としてお忙しいルイス様を来させるだなんて、と。

最初から知っていれば、ルイス様の予定を狂わせてまで付き合わせることはなかったのに。とはいえ、あの時間は私にとってとても心地良いものであったのは確かで、感謝の気持ちもある。それもあり、余計にレイスト様へのあたりがどうしても強くなってしまう。

「先日、行けなくてすまなかった。ルイスに代役を頼んだが、大丈夫だったか？」

大丈夫だった、というのは何に対してだろうか。私の気持ちの問題では大丈夫ではないが、それではないであろうことはわかる。

「……はい、問題なんて一つもありませんでした。ルイス様はずっと優しくエスコートしてくださいましたわ。ただ、途中で殿下とお会いしたのですが、殿下は何か誤解されたかもしれません。ルイス様にご迷惑をおかけしてしまうかもしれませんので、レイスト様から殿下にお伝えください」

そこまで伝えると、レイスト様は理由がわかったのか面倒だとでもいうように表情を歪めた。とはいえ、これだけは譲るつもりはない。

私は殿下とあまり関わりたくはないし、ルイス様をこれ以上煩わせるわけにもいかないのだ。ならばそこはやはり、レイスト様にどうにかしてもらわなくては。

「……わかった。エレノーア、ルイスはかなり不器用な奴だ」

いきなり、何を言うのだろうかレイスト様は。ルイス様が不器用などとは。そのようなことを言われても、私はどう反応すればいいのかわからない。

「それが、どうかなさいましたか？」

レイスト様の言葉の意図がわからず首を傾げると、彼は呆れた視線を向けてくる。

「そういえば、エレノーアは……だったな。はぁ、期待した俺がバカだったたか」

何やら独り言を呟いているようだ。

そこに、私の名前が出てきたような気がするのは気のせいかしら？

「用件はそれだけだ。昼食の邪魔をしてすまなかったな。これ以上はルイスが怒りそうだから失礼させてもらう」

本当に、なんだったのだろうか。レイスト様の目的が謝罪だけだとはとてもではないが思えない。とはいえ、ほかに用件はなさそうだった。

「……なんだったのでしょうか？」

「きっと、ノアが心配だったのよ。まあ、ノアが気にすることはないと思うけどね」

フィアの冷たい一言に苦笑しながらも、私は気にしないことに決めた。


放課後、再びルイス様とお話ししているとそこへあの方が来た。私が今、一番会いたくない人物が。

「あっ！　こんなところでお会いするだなんて奇遇ですね、ルイスさん！　あれ、エレノーアさんもいるんですね。お久しぶりです！」

全くと言っていいほどに悪意の見えない笑顔で近付いてくる。しかも、ルイス様の名前を親しげに呼んで。そう気付いてなぜかモヤッとする。きっとこの方が礼儀などを全て無視しているからだろう。それに、よくも私の前に平然と顔を出せたものだ。あれほどまでに私を悪とし、レイスト様を騙しておきながらよくも。

「あ、もしかしてお二人はお付き合いしているんですか？　じゃなきゃ、こんなところで二人で会わないですよね！　てことは、お邪魔しちゃいましたね。ごめんなさい！」

「なっ……」

私は彼女の言葉に言葉を失った。ルイス様と私が付き合っているなど、そんなことあるはずがない。あまりのことに言葉を失い立ち尽くしている私を庇うかのように、ルイス様が前に出た。

「……あなたが想像しているようなことはありません。エレノーアは私と同じく文官志望ですから、採用試験について少々話をしていただけです。誤解を生むような発言はやめていただきたいですね。彼女の迷惑になりますから」

自分のことではなく、私のためを思っての言葉にドキッとする。なぜ、この人はここまで優しいのだろうか。

「でも、それならこんなところで話をしなくても良くないですか？」

彼女はキョトン、と可愛らしく首を傾げる。

私はルイス様を窺うように視線を向けた。そしてその表情を見て、驚いた。

いつものような優しげな笑みは一切なく、冷たく凍るような視線を彼女に向けていたから。

「ほかの場所では、あなたのような方が来るためにここで話をしていたのです。しつこく付き纏《まと》われ、話どころではないのですよ。仕方ありません。エレノーア、場所を移しましょうか」

「あ……。ご、ごめんなさい！　私、不快にさせちゃいましたか？」

不安そうにルイス様を見つめるユリア様はとても可愛らしい。

だがやはり、ルイス様はそんなユリア様に冷たい目を向けていた。変わったことと言えば、先ほどよりも不機嫌そうに眉を寄せていることだろうか。私に向けられたわけでもないのに、ゾッとする。

彼女はよく、こんな視線を向けられ平然といられるものだ。

「えぇ、大変不快ですね。第一、あなたに名前で呼ぶことを許した憶えはないのですが」

「え、あ……。で、でもエレノーアさんは……」

「えぇ、彼女には許しましたから。ですからあなたには許してはいないと言ったはずですが？　エレノーアに許したからといって、あなたに許すなどとは思わないでくださいね。そもそも、私の記憶違いでなければあなたとは初対面のはずですが。あぁ、それともう一つ。一度領地に帰られてみてはいかがでしょう？　あなたはここで学ぶよりも領地で学ぶことの方が多そうですから」

ユリア様は何を言われたのかわからないとでもいった様子でただルイス様を見つめていた。

きっと、彼女にはわからないだろう。礼儀知らずと罵られ、学園の生徒として不適格だと言われたなどとは。

私としては、ルイス様がここまで言う方だったことに内心驚きを隠せない。

「さぁ、エレノーア、行きましょうか」

いつもの優しげな笑顔に戻ったルイス様は私にそう告げる。

だが、ユリア様がそのまま行かせてはくれなかった。

「酷い……。エレノーアさんがそんなことを言わせたんですね！　ルイスさんは優しい方ですからそんなこと言うはずがありません！　それなのに……！　あ、もしかしてまだあのことを根に持っているんですか？　私、ちゃんと謝ったのに。エレノーアさんって、心の狭い方だったんですね」

「は？」

「……え？」

ルイス様も私も、これには驚きしかなかった。もちろんルイス様が優しいということは知っている。それ以上に厳しい方であることも。私はいよいよ頭を抱えずにはいられなかった。

彼女は先ほどの言葉を聞いていたのだろうか。

名前で呼ぶな、ルイス様は彼女にそう言っていたと思うのだが。それに、どう解釈すれば全て私が指示したことになるのだろうか。どこまでこの方の頭は……

それに、彼女の言う「あのこと」というのはどの件なのだろうか。ミアとフィアを怒らせたことか、レイスト様に嘘を吹き込み騙したことか。少なくとも、レイスト様を騙したことは許せるはずもない。

「……あなたの気が済むのでしたらそれで結構です。私を悪と決めつけているあなたに、私の言葉は届くことはないでしょう。あいにくと私にはそのような些事に構っている時間はありませんので、これで失礼させていただきます」

私は形ばかりの挨拶をして彼女の前から立ち去ることを選んだ。

彼女の被害妄想が、きっと前世で私を追い詰めた原因なのだろうと思いながら。

ルイス様と二人で学園の廊下を歩いていると、周囲からの視線が痛いほどに突き刺さってくる。

それだけルイス様が慕われているのだろうか。もしくは、私が公爵家令嬢であるという立場が原因か。

「……あの、ルイス様。先ほどは申し訳ありませんでした」

私が謝罪の言葉を告げると、ルイス様の足が止まり振り返る。

彼の表情は、なぜか苦し気だった。

「……なぜ、あなたが謝るのですか」

「ユリア様にも変な誤解をさせてしまいましたし、ルイス様にもご迷惑をかけてしまいましたから。それに、先ほどはお見苦しい姿を見せてしまいました」

先ほどの自分の行動を思い返してみるが、問題ばかりだった。ユリア様に対しての発言も、これでは前と何も変わらない。

そんなところをルイス様に見られてしまったことが恥ずかしい。

「あなたは、あまりに人が良すぎる。私に謝罪など不要です。私も、彼女に対して大人げないことを言いましたから。むしろあなたは、もっと彼女に対して怒るべきです。……それに、あなたは自分のことだけを考えていればいいのですよ」

その酷く優しい声に、流されてしまいそうになる。ルイス様は、甘すぎる。

「もう……。ルイス様は優しすぎると思います」

子どもっぽいと思われるかもしれないが、少しだけ拗ねてそんなことを口にする。

そんな私にルイス様は困ったように笑う。

「私は、優しさとは無縁の人間だと思いますが」

「そんなことはありません。ルイス様は優しい方です。そうでなければ、親身になってレイスト様の勉強をみることもありませんし、先日だってお忙しい中、わざわざ私に付き合ってくださいました。そのようなルイス様が優しくないはずがありません」

だって、そうだろう。忙しい中、わざわざ私のために時間を作ってくださった。こうして顔を合わせ、試験について伺えば優しく教えてくださる。そんなルイス様が優しくないはずがない。

「レイストに勉強を教えているのは、後々殿下の側近となるのですから当たり前です。殿下の側近ともあろう者が、知識が足りず他者から見くびられるようなことがあってはなりませんから」

そんな理由を口にし、優しくはないのだと言い張るルイス様に私は笑みを浮かべる。あまりにルイス様らしい。

「優しいではありませんか。殿下とレイスト様のため、なのですから」

殿下やレイスト様が恥をかくことがないように、という気遣いなのだから。そのために、時間を作りレイスト様に勉強を教えている。そして二人のために行っていると認めないところも。

「……ですが、レイスト様の仰っていた言葉の意味が、少しだけわかったような気がします」

本当に、不器用な方だと思う。自分の優しさを認められず、それでいながら他者のために行動するところなんてまさにそうだろう。

「レイストが、ですか？　一体何を？」

苦々しい表情をするルイス様に私は笑みを深める。

「ふふっ、秘密です」

そんな私にルイス様は無言で苦笑する。そして、私が言う気がないとわかると、ルイス様はわかりやすく話を変えた。

「あの場所はもう使えそうにありませんね……。また、別の場所を探しておきます。近いうちに連絡します」

不意に告げられる言葉に少しだけ驚いた。あの場所をもう使えないことは残念ではあるが、それ以上にルイス様とお話しする機会がなくなってしまったと、そう思っていたのに、この方は平気で次を口にするのだから。

「エレノーア？　どうかしましたか。具合が悪いのでしたら……」

心配そうに見つめるルイス様に、私はクスリと笑みを零す。

先ほどの一件が嘘のように、いつものルイス様に戻っている。安堵する気持ちもあったのかもしれない。

「いいえ、なんでもありません。ルイス様はよろしいのですか？　ユリア様を気にされたりなどは……。私がルイス様といることでまた誤解されることもあるかもしれません」

少し、不安だった。前世でルイス様はずっと、私の味方をしてくれた。

だが、だからといって今世もとは限らない。ユリア様は可愛らしい方だ。そんなユリア様に好意を寄せないはずがない。何より、ユリア様と同じような誤解をする生徒も出てくるかもしれない。

「そんなことですか。私が彼女を気にするなどありえませんよ。少なくとも、礼儀もなっておらず、学ぶことすら放棄する方に抱く感情は、嫌悪以外持ち合わせてはおりませんので」

笑顔で毒を吐くルイス様に顔が引き攣《つ》るのを感じる。

だが、そこが彼の良さでもあると思うのだ。自分に厳しく、他者にも厳しく。それでいて、努力を惜しまぬ者には気遣いを忘れぬ彼のことを私は尊敬している。だからこそ、私はルイス様が優しいと感じる。

「エレノーアは、よろしいのですか。あのように言ってしまえば、彼女が勘違いしたまま広まることもあると思いますが……。それに、あなたの言うように私たちの関係を誤解する者も出てくるかもしれません」

「問題ありません。私のことを信じてくださる方がいると、今は知っていますから。ルイス様には申し訳ないのですが、誤解してくださるのでしたら婚約の申し込みもなくなるでしょうし、むしろありがたいと思っているのです」

少なくとも、ルイス様はユリア様の流す私の悪評が真実でないと知っている。それに、きっとクラスメイトも、ミアやフィアも私を信じてくれるだろう。私の大切な人が私のことを信じてくれるのならばそれで十分だ。

ユリア様にどう思われようが関係ない。ここで動いてしまえば、それこそ前世と変わらないのだから。

「……そう、ですか。少なくとも私は、最後までエレノーアを信じます。ですから、彼女に何を言われようとも私のことだけは頼ってください」

いつになく真剣な眼差しに、私は思わず頷いた。すると、ルイス様が嬉しそうに微笑む。

「私も、ルイス様を信じています。ルイス様も何かあれば私を頼ってください。……約束ですよ?」

だから前世のように、何も言わずに突然目の前から消えたりしないでください。そう、心の中で付け足した。

「……ええ、約束です」

その、ルイス様の困ったような瞳がどうしても頭を離れなかった。

それからしばらくして私は殿下に学園の裏庭へと呼び出されていた。人の少ないその場所は、あまり好んで行きたい場所ではなかったが殿下からの呼び出しとなれば仕方がない。

「エレノーア、突然呼び出してすまなかった。だが、どうしてもエレノーアの力を借りたくてな。妹、シアのことで相談があるのだが、いいだろうか」

リリーシア様のことであれば、私に否はなかった。このような人の少ない場所に呼び出された理由に納得する。王女殿下に関することを教室や廊下など、人の多いところで話すわけにもいかない。

そして、それとともに思い出すのは、もうすぐ迎えるリリーシア様の誕生日のことだ。

私もリリーシア様の誕生日には毎年、プレゼントを用意し贈っているため、今年も何か用意することになるだろう。

だがそれがどうしたのか、と思い殿下を見ると、とてもいいにくそうに言った。

「シアに渡すものなのだが、どのようなものがいいのかがわからなくてな……。エレノーアならば、シアの好むものもわかると思ってな。カインはそれに関しては何も役に立たないからな。選ぶのを手伝ってはもらえないだろうか」

納得したものの、反応に困る。それになぜ、今年からなのかと思わずにいられない。

「……今までは、オルゴールをあげていたんだがリリーシアから怒られてな。今年はオルゴール以外で、と言われたんだ。だが、それ以外となると何もわからなくてな」

そう言われ、思い出すのは私が今まで殿下からいただいてきた誕生日の贈り物だ。……見事に、オルゴールだけだったような気がする。もしや、この方はオルゴールしか贈れないのだろうか。

「承知いたしました。私でよろしいのでしたら、喜んで」

どうせ私もリリーシア様への贈り物を用意する必要があるのだから、そこに殿下が付いてくるかどうかの違いだ。それでもやはり殿下の同行にはためらうが、何よりリリーシア様のためだ。それに、そろそろ殿下とちゃんと向き合わなければならないだろう。今までのように、ずっと逃げているわけにはいかない。牢の中で、私は殿下の力になると決めたのだから。そのためにも、このまま避け続けているわけにはいかない。

「感謝する、エレノーア。いつならば大丈夫だろうか」

「休日でしたら、再来週でなければ空いております」

再来週は久しぶりとなるが、お母様と一緒にお茶会に参加することが決まっていた。社交会の時期に近付いてきたこともあり、私にもかなりのお誘いがあったのだ。

今までは断っていたが、さすがに全て断るのは公爵家の令嬢として褒められたことではない。ということで、最低限のお茶会には参加している。その一つが再来週の休日に開かれるお茶会だった。

……なぜか、お母様も一緒だが。

「そうか。なら、来週はどうだろうか？」

「来週でしたら問題ありません」

本来であればまたお父様と王宮へ、と思っていたがその予定も確定していたわけではない。リリーシア様への贈り物の方が優先だろう、と思った結果だった。お父様と王宮へは行こうと思えばいつでも可能なのだから。

殿下は私の返答にどこか安心したように柔らかな笑みを浮かべた。その笑顔が嬉しいと感じるのは、前世で一度も向けられたことがなかったからなのだろう。

だが、不思議なことに思っていたよりも殿下を割り切れているのか、今までよりも気持ちがあまり動かなかった。そのことに密かに安堵する。これならば、私は前世と同じように罪を犯すことはないだろう。


殿下との約束の日となり、憂鬱ではあるがリリーシア様のためだと私は重い体を起こし、渋々と支度を始める。前世と合わせても、初めての殿下との外出だ。それがよりによって今世でとは。気も重くはなる。

「エレノーアお嬢様！　ドレスはどれにいたしましょう！」

張りきっている様子を見せるサーニャに、私は苦笑をもらす。こんなにもはしゃいでいるサーニャは一体いつぶりだろうか。

私はドレスへと目を移した。鮮やかなものから落ち着いたものまで様々なものが用意されている。

「控えめなものをお願い」

私のドレスの好みは前世の時から変わっていない。落ち着いた色のシンプルなドレスだ。色鮮やかで目立つ、赤や緑、黄色といったドレスよりもブルーグレーや藍色といった落ち着いた色の方が好きだった。

「あとは、そうね。お任せするわ。サーニャの見立てなら確かだもの」

そう笑って見せると、サーニャは目を潤ませた。

「お嬢様……。わかりました！　お嬢様の期待に添えられるようなものを……！」

グッと、こぶしを握り意気込むサーニャを見て、選択を誤ったかと少しだけ後悔をする。

とはいえ、楽しそうにお母様とドレスを選ぶサーニャに今さら……。そこでようやく気付く。なぜ、お母様がここにいるのだろうか。

「あの……。お母様は、なぜここに？」

「そんなの当たり前じゃない。ふふ、可愛い娘のドレスを選ぶだなんて楽しいこと、私が見逃すわけないでしょう？」

心から楽しんでいる様子を見せるお母様に、私は何も言えなくなる。

「私の勘違いでなければ、お母様は今日お茶会へ出席する予定ではありませんでしたか？」

私の記憶が間違っていなければ、本来お母様は今日この時間、屋敷にいないはずだ。王妃様の主催されるお茶会へ出席しているはず。なのになぜ、ここにいるのか。

……答えは聞く前からわかりきっていたが。

「あら、それなら気にしなくていいのよ！　お茶会ならこの後だもの。せっかくの殿下とノアのお出かけだもの！　王妃様もずいぶんと張り切っていらしたから、少し時間を遅らせることにしたのよ」

まさか王妃様も一緒になってのことだったとは思っていなかった。ということは、殿下も今頃私と同じような状況になっているのだろうか。

もしかすると、リリーシア様も面白がって混ざっているのかもしれない。……ただ、私と殿下の外出のせいでお母様たちのお茶会の時間までズレるなど予想もしなかった。

「あっ……！　でしたら、こちらのドレスなんていかがでしょう！」

「そうね。そのドレスなら、一緒に合わせるのはこれかしら？」

どうやらドレスは淡い紫のものに決まったようだった。私の要望通り、装飾などもあまりついておらず、私の持っているドレスの中では控えめなものだ。その見立てに満足し着替えると、髪はサーニャにリボンで一つに束ねてもらう。

「エレノーアお嬢様、素敵です……！　いつも素敵ですが、今日は特に！」

お世辞でも、サーニャにそう言われるのは悪い気がしない。

私は笑ってお礼を口にする。

そんなことをしているうちに、殿下が来たのか玄関が少し賑やかになっていた。

「殿下も来たみたいね。ノア、楽しんでいらっしゃい」

「はい。それでは、行ってきます」

これから準備をするらしいお母様と部屋で別れると、殿下のもとへと私は足を向けた。僅かに緊張を見せながら。

私と殿下は、当初の目的であるリリーシア様の誕生日プレゼントを探すため、殿下がいつも利用するという店へ来た。外観はとても貴族が、それも王族が利用するような店とは思えないような古びた店だった。中に入ると、その外観からは予想できないような一級品の物がズラリと並んでいる。……殿下は、よくこのような店を見つけたと思う。

「驚いたか？　私も、最初に来た時は驚いたものだ」

「今回もオルゴールの注文ですかな？」

殿下の言葉に頷く前に、奥から老人が出てきた。

今回も、という言葉からやはり殿下は毎回この店で用意していたようだ。

「いや、今回は違うんだ。オルゴール以外で頼みたい。少し、店内を見せてもらってもいいか？」

「ええ、もちろんですとも。そちらのお嬢さんも、お気に召されるものがあれば手に取って見てってください」

優しげな店主はそう口にすると、また奥へと戻っていった。その姿に殿下は苦笑して私を見る。

「すまないな。ああいう人だから気を悪くしないでほしい。奥は工房になっていて、全てあの主人が一から作っているんだ。イメージさえ伝えればなんでも作ってくれる」

きっと、殿下はイメージを伝え、プレゼントを作ってもらったのだろう。殿下は、一人一人をちゃんと見ている人だから。

この人のそういうところが、私は……

「いえ、気を悪くするなど……。それよりも、リリーシア様へのプレゼントはどのようなものに？」

「あぁ……。リリーシアは何を贈れば喜ぶのかわからなくてな……。全く決められていないんだ」

決まりが悪そうに口にする殿下に、少しだけ意外だと感じてしまう。それだけ、私が殿下のことを見ていなかったのだろうけれど。

「リリーシア様なら、殿下が選んだものでしたらなんでもお喜びになられると思いますよ」

リリーシア様はそういう方だ。殿下を兄として、王太子として慕っている。

その殿下の気持ちを無下になどしない。どのような物を贈ろうと、きっとあの方は嬉しそうに笑い、受け取るだろう。

「……さすがに、毎年オルゴールを、というのはどうかと思いますが」

そう付け加えると、殿下は固まって落ち込んだように俯いた。

さすがにわかってはいたのだろう。……多分。

「だが、ほかにわからないのだ……」

「……カイン様には何を贈られているのですか？」

男性に、しかもカイン様にオルゴールは贈らないだろう、と思い尋ねてみる。

「カインには剣帯ベルトを贈ったな。その前の年にはアミュレットだな。あとはブローチか？」

なぜ、カイン様には様々なものを贈れるのにリリーシア様になるとできなくなるのか。全くもって理解不能だ。

「ベルトも新調を考えていたようだし、カインは騎士だろう。アミュレットはお守り程度ではあるが、危険から守ってくれればいいと思ってな。私の護衛につくことになり夜会にも出席が増えるだろうと思い、ブローチを作らせたんだ」

……重ね重ね思わずにはいられない。なぜ、それだけ色々と考えられているのにリリーシア様のことになると考えられなくなるのか。

「リリーシアのことも考えたんだ。だが、装飾品は毎年母上が贈っているからな。被ると困るだろう？　アミュレットは贈ったところで、リリーシアならば忘れ去る」

アミュレットに関しては、同感だ。リリーシア様はきっと大事にしまっておくだろう。そしてそのまま持ち歩くことはなく、忘れてしまうような気がする。

「エレノーアは、確か毎年シアの誕生日にプレゼントを贈っていただろう。シアがエレノーアからもらったと自慢してくるからな。物は見せてはもらえなかったが……一体、何を贈っているんだ？」

「私は香水をお贈りしております。自分で好きな香水を作ることのできるお店がありますので、そこでリリーシア様をイメージしたものを毎年用意しております」

殿下は私の返答に驚いた様子を見せる。私が自分でブレンドしたものだとは思っていなかったのか、それとも贈り物の内容に驚いたのか、どちらに驚いていたのかはわからないが。

「香水、か。自分でブレンドするというのは、エレノーアらしいな」

「私らしい、ですか？」

その答えは以外だった。自らブレンドすることが私らしい、とは。私はそれほど香水を使ってはいない。

「あぁ、いや。その、変な意味ではない。ただ、リリーシアの使う香水が上品なものになったからな。それに自分でブレンドする、ということはそれだけこだわるということだろう。相手のことを考え、それほどまでにこだわるところが、エレノーアらしいと思ったのだ」

慌てた様子を見せたかと思えば優しげに微笑んだ殿下に、私は何も言えなくなる。

だが、そのように思っていただけるということが嬉しかった。

「すまない、エレノーア。今言ったことは忘れてくれ……。変なことを言った」

殿下は顔を押さえているが、微かに耳が赤く染まっているのが見える。

なぜ、あんなにも優しげな表情をしたのか。そんなことを思いながら「はい」とだけ、短く返事をして陳列棚へと目を移す。

これ以上、殿下のことを見ていたくはなかった。でなければ、蓋をしたはずの想いが溢れ出しそうだった。そうして目を背けた先で見つけた、白銀のまだ何もデザインされていないその小さな懐中時計に、私は目を奪われた。

「殿下、こちらの懐中時計はいかがでしょうか？」

「ん？　あぁ、懐中時計か……。そうだな。シアもこれならば学園で使うこともあるだろう。オルゴールと違い、置き場所に困りはしないだろうしな」

殿下は懐中時計を手に、奥にいる店主のもとへと向かう。そして、店主とデザインの相談を始めた。

「スノーフレークの花を刻んでほしい」

「スノーフレークを指定されるのは初めてですな」

店主は、楽しそうに笑った。スノーフレークの花言葉は「汚れなき心」と「純潔」だ。そして、その花はリリーシア様の花として扱われている。だからこそ、笑ったのだろうと思う。

「……では、頼んだぞ。できたらまた王宮のカイン宛に知らせてくれ」

「お任せくださされ。最高のものをお作りいたしましょう」

色々と考えているうちにデザインは決定したようで、殿下が立ち上がり店主は再び奥へと戻っていった。

「待たせてすまない。おかげで今年はいいものが用意できそうだ。エレノーアは、どこか行きたい店はあるか？」

「はい、私もリリーシア様への贈り物を用意させていただこうかと。よろしいでしょうか……？」

「あぁ、もちろんだ」

殿下の許可を得たところで、私はいつもの店へと向かう。王都では、かなりの人気を誇る香水の専門店だ。男性の客は少なくはあるものの、一定数いるのはメンズものまで幅広く揃っているからだろう。ボトル自体もオシャレで、香りも柔らかくカジュアルに使用できることから人気も高い。そのため、贈り物としても人気が高い。

「あら、誰かと思えばエレノーアちゃんじゃないの！」

「お久しぶりです、シリーサさん。香水のブレンドをお願いしたいのですが、お時間は大丈夫でしょうか？　厳しいようでしたら、また後日お伺いさせていただきますが……」

「ふふ、大丈夫よ。エレノーアちゃんならいつだって歓迎するわ。すぐに用意するから、先にいつもの部屋で待っててくれるかしら？」

シリーサさんはこの店の設立者だが店主ではない。店主は別の人に任せていて、シリーサさんは完全に香水作りに専念している。

そんなシリーサさんと知り合えたのは、公爵家がこの店の設立のために援助をしたからだった。

ただ、私がシリーサさんの作る、寄り添うような優しい香りのする香水が好きだったからでもある。

部屋でシリーサさんを待っていると、香水用の瓶から香りの見本まで、多くのものを持ってシリーサさんが入ってきた。

「エレノーアちゃん、遅くなっちゃってごめんなさいね。あら？　珍しい、一人じゃなかったのねぇ」

シリーサさんは頬に手を当て、驚いたように目を丸くした。私は今まで、一人かサーニャと来ることが多かった。それが今回はサーニャではなく、一目見ただけで貴族だと思われるような人を連れてきたからだろう。

「レオン・ブルーシュだ。今回はエレノーアの付き添いで来させていただいた。よろしく頼む」

「……殿下とは知らず、失礼いたしました。この店のオーナー、シリーサと申します。以後お見知り置きくださいませ」

先ほどまでの態度とは打って変わって、丁寧になったシリーサさんに殿下も、私でさえも苦笑をもらす。今さら、とは思うものの、ここまで態度がハッキリしていると、もはや何も言えなくなるのだから不思議で仕方ない。

「そう、固くなる必要はない。公式の場ではないのだからな。私のことはいないものとして扱ってくれて構わない」

「承知いたしました。では……。エレノーアちゃん！　さぁ、始めましょうか！　もう、なんて方を連れてくるのよ。柄にもなく緊張しちゃったじゃないの」

殿下のその言葉に、これほど忠実に従った人を私はこれまで見たことがなかった。シリーサさんは机の上に数種類のボトルを広げ、楽しそうに私に向き直る。

……殿下を忘れ去ったように緊張したと言うが、その言葉が冗談としか思えなかった。

殿下を見ると、さすがにシリーサさんの行動に苦笑をもらしていた。だが、不快そうではなかったので単なる呆れだろう。そう判断して、私はシリーサさんに向き直り、広げられたボトルを見る。

「そうですね……。では、今回はこちらのボトルでお願いします」

白のシンプルなボトルを選ぶ。リボンのあしらわれたそのボトルは上品さと可愛らしさも兼ね備えており、リリーシア様のために作られたように思えた。

「相変わらず、決めるのが早いわねぇ……。じゃ、次は香りね。けれどボトルがこれならあまり主張しすぎるような香りのものはやめておいた方が良さそうね」

と、主張の強そうなものと昨年に使ったものを持ってきた見本の中から抜いていく。

「うん、このくらいかしら？　さ、あとはエレノーアちゃん次第ね。今回はどんなものにするのかしら」

残された見本の中から手に取ったのは、金木犀とスズランのものだった。どちらとも、リラックス効果のある香りで、比較的好まれやすいものだ。ボトルと合わせるとなるとやはり白ということもあり、スズランの方が良いかもしれない。それに、金木犀は季節ものになってしまうだろう。そう考えた末、私はスズランの香りを選択することにした。

「トップノートはこのスズランでお願いします」

「トップノートはスズランだけでいいかしら？　それとも、ほかのものも混ぜる？」

その言葉に悩んだ末、ベルガモットを合わせることに決め、瓶を取る。

「それじゃあ、次はミドルノートだけれど、どの香りにする？」

ミドルノートは、少し華やかなものがいいだろう。それでいて、リリーシア様に合うもの。

「ミドルノートはアマリリスとウォーターリリーを。ラストノートはジャスミンとローズでお願いします」

最後にはジャスミンを選択する。華やかで存在感のあるジャスミンとローズはきっとリリーシア様に合うだろうと思ってのことだった。フリージアとも考えたが、今回はやめておく。

「さ、じゃあこれで大丈夫かしら？　確認をお願いね」

シリーサさんに渡されたメモに目を通し、私の要望が全て書かれていることを確認してから返す。

「はい、問題ありません」

「良かったわぁ。じゃあ、完成したらまたエレノーアちゃんに連絡するわね」

「わかりました。お願いします」

リリーシア様へ贈る香水の完成を思い浮かべ、私はそっと笑みを零した。

店を出て、お茶をした後、殿下に屋敷まで送り届けてもらう。

「今日は付き合ってもらってすまなかった。エレノーアのおかげでなんとかなりそうだ。礼を言わせてほしい」

別れ際、フッと笑みを浮かべ感謝の言葉を述べた殿下に、私もお礼の言葉を口にする。

「いえ……。こちらの方こそ、ありがとうございます。私の買い物にも付き合っていただきましたから。それでは、失礼いたします」

「あぁ。また、学園で会おう」

殿下のその言葉に、私は会釈のみを返す。

屋敷へ入りかけた時、突然殿下が大きな声を上げた。

「エレノーア！　その、すまない。最後に一つだけ言わせてほしい。何か困ったことがあれば、なんでも私に言ってくれ。必ず、エレノーアの力になると誓う。……それと、なぜ私を避けているのかは知らないが、私はエレノーアを大切な友人だと思っている。だから、また良ければ共に出かけたい」

殿下は、あまりにもまっすぐだった。あまりにもまっすぐすぎて、心苦しく感じるほどだ。

わかっている。私が、全て悪い。このようなことを殿下が言い出したのは、私が殿下を避けていたことが原因だ。

だが、もう大丈夫だ。大丈夫なはずだ。

今日殿下と出かけてみて、ようやく気付いた。私は……

「はい、ぜひ。その時は、ほかの方もお誘いして行きましょう」

その時、ルイス様は来てくださるかはわからないが。だがきっと、カイン様やレイスト様は来てくださるだろう。そして、ミアやフィアも。その時のことを想像して、私は思わず笑みを零す。

「そう、だな。それも楽しそうだ」

嬉しさと残念さが混ざったような、微妙な表情を浮かべている殿下に私は内心、首を傾げる。

「……申し訳ありません、殿下」

「なぜ謝る？」

これは、今まで殿下を避け続けていたことへの謝罪だ。

そして、その本当の理由を言えないことに対しての謝罪でもあった。

私は彼に嘘をつく。

「私は、将来文官になることを目標にしています。ですが殿下といることで、殿下の力で合格した、と思われるのが嫌だったのです」

「そんなことか。もう、避けないのだろう？　ならばいい、気にするな」

殿下は、フッと柔らかな笑みを浮かべた。その笑みに、少なくとももう殿下を必要以上に避けはしないと、改めて決心した。

そう決心できたのは、これからは以前願ったように、殿下の親しい友人として過ごせるだろうと思えたからかもしれない。だが少なくとも、私と殿下の関係が変わったことは確かだった。

「では、また学園で。ありがとうございました、レオン様」

私がさりげなく名前で呼ぶと、彼は固まった。

何年も断っていた呼び名だ。驚かれるのも仕方のないことなのかもしれない。

「以前、言っていましたから。いけませんでしたか？」

「あ、いや……。そんなことはない。むしろ、嬉しいくらいだ」

心からの言葉だということがよくわかるほどの笑みを浮かべた殿下……。レオン様に、少し戸惑いながら提案をする。

「私のことはノアと。親しい友人や家族はそう呼びますから」

「あぁ。では、ノアと呼ばせてもらおう。今日は助かった。……また学園でな」


その日、いつも通り学園へ行くと、殿下……。レオン様が教室まで訪ねてきた。

そのことに教室にいた生徒がざわめき立つが、それ以上に互いの呼び方の変化が気になっているようだった。あれだけ親しげにされながらも距離を置いていた私の変化が原因なのだろうが。

「ノア、教室まで来てすまないな。今日の昼食なんだが、良ければ一緒にどうだろうか？　もちろん、ノアの友人も含めてな」

「はい、ぜひ。場所はどちらにする予定でしょうか？」

「ホールで良いだろう。個室では、ノアの友人が入りにくいだろうからな」

その通りだった。レオン様の言葉があったとしても、私はともかく王族専用の個室にはミアやフィアが萎縮してしまうだろうし、入りにくいだろう。

レオン様もいつもホールで食事を取っているようなので別に問題はないはずだ。

「承知いたしました。では、ミアとフィアの二人にもそのように伝えておきます」

「あぁ、頼む。それではな、ノア。楽しみにしている」

レオン様が嬉しそうに笑い、それにつられ周囲が色めき立つ。

それを気にしていないのか、レオン様の足取りは来た時よりも軽くなっていた。そんなレオン様の姿が見えなくなった途端、クラスメイトが私の周りに集まってくる。

「エ、エレノーア様！　殿下と何かあったのですか！」

「で、殿下がエレノーア様の愛称を……！」

「ま、まさか……。ついに、殿下との婚約が決定されたのですか！」

その言葉に、私はつい苦笑をもらす。その勘違いに至ったのは私に原因がある。幼少の頃から友人として扱われながら、レオン様を名前で呼ぶことなく、愛称で呼ぶことを許可していなかったのだから。

とはいえ、まさかここまで騒ぎになるとは思っていなかった。しかもレオン様と婚約という勘違いが起こるなど。

「婚約はしておりません。私との婚約だなんて、レオン様に失礼になってしまいます。互いの呼び方が変わったのは、ただ友人として対等な関係でいよう、と二人で決めたからですよ。ほかに理由はございません」

そう説明すると、なぜか周囲のクラスメイトが呆れや同情を帯びた表情をする。

きっと、あれだけレオン様と親しくしておきながらも友人ではなかったことが悪いのだろうと一人納得をするが、それにしても解せない。

「……それは、さすがに殿下が……お可哀想なのではないでしょうか？」

「まさかとは思いますが、エレノーア様は何も気付いておられないのですか？」

「いや、さすがに失礼だろ。あんなにもわかりやすいのに気付いていないなんて……。いや、エレノーア様ならありうる気もするが」

「完璧なエレノーア様に限ってそんな……」

可哀想、というのは友人として扱っていなかったからだろうか。それならば気付く気付かないというのも理解できる。

「レオン様には、今まで申し訳ないことをしたと思っています。私にとって、レオン様は仕えるべき主となる方でしたから……。友人になるとはあまり考えられませんでしたので、どうしても距離を測りかねてしまって……」

少し申し訳なさそうに眉根を下げ、笑ってみせると、クラスメイトたちは言葉を失った。

みんなの反応に戸惑っているとなぜか皆が一様にレオン様の出ていった扉へと同情的な視線を送りはじめる。

「エレノーア様らしいですが、いくらなんでもそれは殿下がお可哀想です……」

「殿下、報われないな……」

「むしろ、エレノーア様らしくて良いのでは？」

なぜだか私がひどく悪者のような空気で、少々居心地の悪さを感じた。私が悪いことは理解しているが、それにしてもそこまで言うことはないのでは。

「エレノーア、お前あの噂はまさか本当か？　いや、きっとありえないとは思うが確認したい。本当ならば……」

最初の授業が終わってすぐ、レイスト様が教室まで訪ねてきた。用件は私と殿下の関係についてだった。どうやら私と殿下の呼び方が変わったことに加え、殿下が教室まで来て皆の前で昼食に誘ってきたことで、ついに私たちが婚約するのではないか……。という私としては絶対にありえない噂が広がっているらしい。いい迷惑だと思うが。一体、誰がそんな噂を流したのだろうか。

「その噂の件でしたら、レイスト様の思っている通りかと思います。呼び方が変わったのは、お互いに友人として親しくしようと決めたからであり、他意はありません。昼食へお誘いいただいたのも、私の友人たちも一緒にということでしたので、ただの友人としての行動の範囲内ですよ。少なくとも、私もレオン様も互いに友人としか思っておりませんから御安心ください。私がレオン様の婚約者に、などとは微塵も考えていませんから」

周りの人にも聞こえるよう、いつもよりも少しだけ声を張る。やましいことなんて一つもない。レオン様と私はただの友人だ。呼び方が変わったり、昼食へのお誘いを受けたりした程度で婚約者に決まったと思われるなど、そちらの方がおかしいのだ。

そのようなことになるのも私が公爵家の令嬢だからという理由にほかならないのだろうが、私は今までのことを忘れ、開き直ることにした。

「私とレオン様が婚約などあるはずがありません。レオン様と婚約などしてしまえば、私は文官になれなくなってしまいます。私が幼い頃から抱いていた夢を勝手に奪わないでください」

私は、国に住む民と、レオン様のために文官になると決めた。その目標に向かって今まで努力を重ねてきたつもりだ。

それなのに、その目標を勝手に奪われるところだったのだ。

さすがに不機嫌にもなるだろう。

「……それはそれでどうかと思うが……。王妃より文官とは、エレノーアらしいと言えばらしい気もするな。だが、文官よりも王妃になった方ができることは多いだろ」

これだから困る。私にとって王妃なんてデメリットしかないというのに。

何より、今の私には王となるレオン様の隣にパートナーとして立つイメージを抱くことができなかった。

「王太子妃になって、市井《しせい》を見る時間など取れますか？　レオン様と婚約すれば、学ばなければならないことが増えるでしょう。では、いずれ王妃になったら？　公務が増え、外交やレオン様のサポートなど、王妃としての仕事は多岐にわたります。そのような中で、私が文官となり一番やりたかったことができるとお思いですか？　できたとしても、中途半端にしかできなくなるでしょう。それでは文官を目指してきた意味がなくなってしまいます。ですから、私は王太子妃になどなりたくはありませんし、なるつもりもございません」

王太子妃になって、いいことなど何もない。

前世では、レオン様のことが好きだったから良かったが、今は違う。私にとって、レオン様は友人の一人でしかない。

そして、将来の主。友人であり、主。そうとしかもう見られないのだ。

かつて抱いていたはずの恋愛感情など、消え去っていた。

「なら、さっさと誰かと婚約した方が良い。婚約しなければ、近いうちに殿下との婚約話をまとめられるぞ。公爵家の令嬢の中で婚約していないのはもはやエレノーアだけだからな。それに加え、殿下と歳も近い。王妃教育もエレノーアなら問題ないだろうからな。王家としてはなんとしてでもエルスメア家と話をまとめたいだろう」

レイスト様の言葉に顔を顰《しか》める。一番手っ取り早い解決方法は、それだ。誰かと婚約してしまえばいい。だが、これには決定的な問題があった。相手がいないのだ。

さすがに名前も顔も知らない相手と婚約をすぐにする、というのは抵抗感がある。それが家のため、国のためであるのならば受け入れるが……

故に相手がいないという問題に突き当たる。相手によっては文官になると認めてはいただけないこともありそうだ。

「エレノーアのことだ。どうせ、相手がいないのに、とでも思っただろう？」

レイスト様に思っていたことを当てられ顔を背ける。

そんな私にレイスト様は思わずといった様子で笑った。

「まぁ、あの公爵ならエレノーアの決めた相手をとやかく言ったりなんかしないだろ。相手なら案外近くにいると思うぞ。エレノーアはもっと自分の周りを見てみろ」

そう口にするレイスト様には、誰か心当たりがあるのだろうか。

だが、その相手を私が尋ねようとした時には既に、レイスト様はいなかった。


お昼時となり、ホールへ行くといつもよりも人が多く、ほとんどの席が埋まってしまっていた。いつもはそこまで席が埋まっているわけでもなく、ちらほらと空きがあるにもかかわらず、今日に限っては満席だ。

きっと、私とレオン様の噂が原因となっているのだろう。その証拠に、と言うべきなのかはわからないがこちらに向けられる視線は多い。

噂の否定はしたはずだが、その話はまだ広まってはいないらしい。

「三人とも、すまないな。やはり個室を取っておくべきだった。まさか、ここまで人が多いとは。いつもはここまで多くはなかったはずなのだがな……」

いつからいたのか、気付けばレオン様が隣にいた。

レオン様は申し訳なさそうにするが、ミアとフィアのことしか考えていなかった私も悪いと思う。

萎縮はしてしまうかもしれないが、騒ぎになることを考えれば個室を取るべきだったのだ。レオン様も私も家の位が高く、それだけでも十分注目される理由となる。

「今日はずいぶんと賑やかだと思えば……。エレノーア、それに殿下も。このようなところでどうしたのですか？」

反省をしていると、不意に背後から話しかけられた。振り返ると、そこには柔らかな笑みを浮かべるルイス様がいた。ルイス様は私と殿下に向かって問いかけてきた後、周囲を見回し、状況を把握したようで質問から提案へと切り替えた。

多分、ルイス様も噂を耳にしていたのだろう。どうやら信じてはいないようではあるが。それだけが救いだろう。

「仕方ないですね。この様子では、落ち着いて食事もとれないでしょう。レイストもいますが個室を取っています。良ければ一緒にどうでしょうか？」

とても嬉しい提案だった。だが、いつも人目のつくところでは決して話しかけてきたりなどしなかったルイス様が……

例外はといえば、レイスト様が教室まで来たあの一件と、ユリア様に妨害された時の計二回だろう。今回はレオン様もいるからなのだろうか。レオン様の側近候補であるルイス様ならば近付いても不思議ではない。

「それはありがたいのですが……。本当にご一緒してもよろしいのでしょうか？　ルイス様のご迷惑にはなりませんか」

「私が誘ったのですから気にしなくて結構ですよ。それに、エレノーアは私の友人ですから。友人と共に食事をとるのに、迷惑などと思うはずがないでしょう。あなたは私に気を遣いすぎですよ」

それは本心からの言葉のようで、ルイス様は苦笑をもらしていた。

横目でチラッとレオン様を窺うと、少し不満げに眉を寄せているようにも見えたが、きっと気のせいだろう。

「ずいぶんと、二人は仲が良いのだな」

以前、ルイス様と二人で出かけたことがあったからだろう。どうやらレオン様は私とルイス様との仲を疑っているようだった。

自分の側近候補が私に取られるのが気に食わないのだろう、と当たりを付け知らないフリをすることに決める。

「ええ、同じ文官志望の友人ですから。それよりも早く移動してしまいましょう。ずっと視線を向けられるのは、あまり気持ちのいいことではありませんし、時間もなくなってしまいますから」

ルイス様の言うことはもっともなので、各々注文をして早々にルイス様が予約していたという個室へと逃げた。

「ノ……」

「あぁ、そういえば。先日購入した本はどうでしたか？　エレノーアの力になれたのなら良いのですが……」

レオン様が何かを言いかけたようだが、それを遮りルイス様が問いかけてくる。ルイス様としては決して、レオン様の言葉を遮るつもりなどなかったはずで、不可抗力というものだろう。

ルイス様の指す本というのは、先日出かけた際に選んでいただいたあの文官試験対策用の本に違いない。

「ちょうど、一通り読み終わったところです。一つ一つの内容について詳しく書かれていますし、図解まで……。それに加え各領地の統計データの推移や予想までとても細かく説明が載っていて、とてもわかりやすく勉強になりました。ありがとうございます」

私の返答にルイス様が安堵したように笑みを浮かべ、反対にレオン様が不機嫌そうに眉をひそめた。

レオン様の不機嫌になった理由がわからず私は再び内心首を傾げたが、先ほど何か言いかけていたことを思い出す。とはいえ、話題を振るようなことはしない。

「本って、ノアが持っていた文官試験対策の辞書みたいに分厚い本のこと？」

以前、教室で読んでいたことがあったので、ミアは知っていた。ミアも外交官とはいえ、同じ文官志望だ。それもあり、印象に残っていたのだろう。

「えぇ、その本よ。以前ルイス様に選んでいただいたの」

「同じ、文官志望の友人ですから。それにエレノーアからお礼の品もいただきましたしね」

ルイス様はどこか意味ありげに微笑んだ。

それに反応したのはレイスト様だった。

「エレノーアからのお礼って言うと、もしかしてあのクッキーか？　ドライフルーツが入ってたやつ。珍しく、ルイスが誰かから手作りのものを受け取ったって騒がれてたから覚えてるわ。あれ、エレノーアからだったのか」

レイスト様は一人納得したように頷くと、レオン様が驚いたように目を見開いた。

「なっ……！　ルイス、お前手作りのものは受け取らないと言っていただろう。それも、よりによってエレノーアのものを受け取るなど……！」

「にしてもエレノーアが、手作りのクッキーをルイスになぁ。どんな心境の変化があったんだか」

そこまで驚かれるとは思わなかった。高位の貴族令嬢が厨房に立ち、何かを作るということ自体が珍しいからだ。さらに、渡した人物も問題だったのだろう。よりによって、誰からのものも、決して受け取ろうとはしなかったルイス様に渡したのだから。もしくはその両方か。

「別にいいでしょう。エレノーアからのものを受け取っても。それに、ほかの令嬢から受け取ることがないのは相手が知らない方だからというだけですよ」

ルイス様が呆れたような視線を向けると、レオン様は黙ってしまった。

レオン様も受け取りはしないだろう。いや、たとえ受け取ったとしてもそれを食べることはない。食べていたとすれば、それは王族として問題になる。

「ただ、贈られた相手が友人であったか否かの違いですよ。それに、感謝の品を断ったりなどしないでしょう」

ルイス様がなぜか『感謝の品』という部分を強調する。

レオン様とカイン様は、その説明に納得したのか、驚いて上げかけていた腰を下ろす。

よほど、ルイス様のことが心配だったのか、相変わらず、部下思いの優しい方だ。さすがに心配のしすぎのような気もするが、そこがレオン様の良い点でもあるだろう。


休み時間も残り少なくなったところで個室から出ると、なぜかそこには彼女、ユリア様が私たちを待ち構えるように立っていた。ユリア様は私たちを見つけると明るい表情でこちらに駆け寄ってくる。その行動に、思わずといった風にミアとフィアの二人が表情を歪めた。

彼女が私のことを悪く言って以来、二人はユリア様にいい感情を抱いていなかった。正直、ユリア様を良く思っていないのはルイス様もだろうが。

「皆さん、ここにいたんですね！　えへへ、探しちゃいました。もう、私を誘ってくれないだなんて酷いじゃないですか！」

ぷくっと頬を膨らませ、怒ったように見せる彼女は確かに可愛らしい。

だが、明らかに礼を欠いている彼女に、私たちだけではなくその様子を見ていた人たちまでもが顔を顰《しか》めた。

「おい、カイン。お前がなんとかしろ……」

それはレオン様も同じだったようだ。本当に嫌そうな表情を浮かべている。自分は関わりたいとは思っていないのか、カイン様に押し付けている。

「いやいや、俺には無理だって。せめて、人の言葉が通じる相手じゃなきゃ無理。ってことでパス」

カイン様の酷い物言いに、フィアが笑いを堪えていた。

「案外はっきり言うのね」

「いや、あれは無理だろ」

小声でフィアとカイン様が何かを話しているようだが、ユリア様をどうにかするつもりはないらしい。

「仕方ない。レイスト……。は、どこへ行った？　あいつ、先に自分だけ逃げたな」

既に、レイスト様は逃げてしまっていた。関わりたくないにしてもあからさますぎだ。私とのことがあったからかもしれないけれど……

それを考えると、レイスト様の行動も理解できる。ただ、一人だけ逃げるのはいただけない。

「まあいい。ルイス、すまないが頼む」

ルイス様は一瞬だけ嫌そうに表情を歪めたが、私を見ると重く息を吐いた。そして諦めたように彼女の前に出た。

「あ、ルイスさん！　良かったぁ……。私、ルイスさんにお願いがあったんです！　授業でどうしてもわからないところがあって。放課後に勉強を教えてもらいたいんです。ダメ、ですか？」

無邪気に笑い、ルイス様へとお願いする彼女の姿に、なぜだかモヤモヤする。

今までにない感覚に襲われる。この感情が苛立ちであろうと当たりを付け納得させる。あまりにも、彼女が礼を欠いた行動をしていることとルイス様の都合を考えずにいること、その二つからくるものだろう。

「……何度言えばわかっていただけるのでしょうか。私はあなたに名前を呼ぶことを許したつもりはありません。それになぜ、私が親しくもない相手の勉強を見なければならないのです？　礼儀すらなっていない方の相手をするほど、私は暇ではありませんのでお断りさせていただきます。あなたがまず学ぶべきは礼儀作法からでしょう。それならば教員の方にどうぞ」

ルイス様は冷たい口調・声音で突き放す。

そんなルイス様の言葉によほど驚いたのか、彼女は固まった。

「あぁ、あと以前も言ったとは思いますが私に……。いえ、私たちに近付かないでもらえますか？　はっきり言って、迷惑です。私の大切な友人を貶し、陥れようとしたあなたと親しくなりたいとは全く思えませんから」

ルイス様はさらに追い打ちをかける。

たが、決してユリア様のことを可哀想だとは思えなかった。それはきっと、ルイス様が私やレイスト様のことを想い、怒ってくれているからだろう。

「そ、そうですよね！　ごめんなさい、エレノーアさんの前だったの、忘れていました。それではルイスさん、今日の放課後図書室で待っていますね！」

全くと言っていいほどに話の通じなかったユリア様に、ルイス様が再び顔を歪めた。わかりやすく嫌悪が滲み出ているほどだ。

先ほどのルイス様の言葉をどのようにとれば、あのような言葉が出てくるのだろうか。

「エレノーア、申し訳ありません。私のせいであのような……」

申し訳なさそうに眉を下げ、謝罪の言葉を口にするルイス様に、申し訳なさが湧き上がってくる。

「いえ！　ルイス様が悪いわけではありませんし、私も気にしておりませんわ。それに、あの方に勘違いされるような要素を作ってしまった私が原因ですし……。ルイス様が気にされる必要はありません。むしろ、私のために怒ってくださりありがとうございます」

「ノアは悪くないわよ。初対面で何も知らないくせに、ノアのことを悪く言ったのよ？　なんでノアが気にする必要があるのよ」

フィアもどうやら怒っているようで、いつもよりも刺々しい。

「私、あの人嫌いです。ノアは何もしていないのにノアが悪いような言い方するんですもん」

珍しくミアもはっきりと口にする。

ルイス様やレオン様も彼女をあまり好ましくは思っていないのか、苦々しい表情を見せていた。

「私も、あの方の行動には思うところがあります。ですが、噂によれば病弱で屋敷から出ることもなかったのだとか。学園は学びの場でもありますから、そのうち彼女もあのような行動はなくなるでしょう」

「もう、ノアったら。そうやって甘すぎるのもどうかと思うわよ？　それもノアらしいけど」

私の言葉にフィアが呆れたように返すと、そこにルイス様まで加わった。

「同感です。一番の被害を受けているのはエレノーア、あなたなのですよ？　他者に寛容というのは美点でしょうが、相手によっては毒となることをお忘れなく」

「ですが、可哀想ではありませんか。彼女の近くに、そういったことを教えてくださる方がいないのですから。平等を掲げている学園側は彼女に注意もしにくいでしょうし」

どうしても考えてしまうのだ。前世と今世での彼女の違いを。

もし、その違いがミアとフィア、二人が彼女と友人関係になっていなかったからだとすれば……それは、私が彼女の人生を狂わせたことになるのではないか。それが怖かった。

だからこそ、彼女に対しあまり強く何かを言おうとは思えなかった。それが問題であるとわかってはいても、私は行動できずにいた。

「……そうね。あの子、最初から孤立してたもの。同じクラスだし、私があの子に話してみるわ」

フィアの申し出はありがたかった。これ以上、彼女に騒ぎを起こされるわけにはいかないのだ。なぜなら、彼女はいずれ殿下の婚約者となる方。騒ぎを起こし、敵を作ってしまえばそれが難しくなる。

「嫌な役目を押し付けてしまってごめんなさい。お願いしてもいいかしら？」

「えぇ、やるだけやってみるけどあまり期待はしないで」

彼女のことはフィアにお願いすることにし、解散した。

前世での私のように孤立し、誰からも信じられず悪として扱われる。そうはならないでほしい。

その辛さや苦しみは、私が一番理解しているから。

だからどうか、気付いてほしい。自分の行動の危うさを。

第五章　パーティーとパートナー

リリーシア様の誕生日が近付き、王宮で開かれるパーティーでのパートナーの話が貴族たちの間で話題に出てくるようになってきた。

今まで、同じ公爵家で家ぐるみのお付き合いがあった幼馴染である、レイスト様にパートナーを頼んでいた私は、彼に呼び出され、予定外の一言を向けられた。

「申し訳ない、エレノーア。パートナーなんだが、別に用意してくれ。パーティーの間、俺は殿下の護衛につくことになった。今回はエスコートできそうにない」

「承知いたしました。そのような理由であれば仕方ありませんから」

「本当に申し訳ない！」

レイスト様が申し訳なさそうに謝ってくるが、仕事ならば仕方がない。強いて言うのなら、もう少し早く言ってもらいたかったというくらいだろう。このタイミングでは、本人も知らなかったのかもしれないが。

「それでなんだが……。エレノーアは、パートナーになってくれる人物に心当たりはあるか？　ないのなら、ルイスはどうだろうか。ルイスは殿下の側近ではあるが、護衛ではないからな。パーティー中は空いているはずだ。俺もルイスならば信用できる」

よほど、責任を感じているのかレイスト様がそんなことを言い出す。ルイス様にも都合があるだろうし、誰かと参加するつもりであるならば相手も既に決まっているだろう。もうパーティーまで数週間しか残っていないのだから決まっていない方がおかしい。

とはいえ、レイスト様がダメとなると私もパートナーを探さなければならず、その相手も簡単には見つからなそうだ。

「ルイス様でしたら、既にパートナーくらい決まっているでしょう。そのような迷惑はかけられませんし、レイスト様がそこまで気にする必要はありません」

「そうは言ってもだな……。俺のせいでエレノーアのパートナーが決まらないかもしれないのだから気にもするだろう。それに、ルイスのパートナーならどうせいない。面倒だと言って、毎回殿下の傍にいるという名目でパートナーを連れていないからな。今回も変わらないだろ」

ルイス様にそんなところがあったとは思ってもいなかった。いや、令嬢が苦手と思われていたほどだ。不思議ではないのだが、殿下を口実にそのようなことをする方だとは想像していなかった。

だが、そのようなことができるのならば楽でいいだろうな、などとも思ってしまう時点で私も彼と同類だろう。

「それでしたら、なおさら申し訳ありません。一度パートナーを受け入れてしまえば、今後断りにくくなってしまうでしょうから。ルイス様はお優しい方ですから、きっとお受けしてくださるでしょうが面倒な役目を押し付けてしまうようなことはできません」

私はレイスト様の提案を断り、その場を後にした。だが、私とレイスト様の話を聞いていた者がいたようだ。リリーシア様の誕生日パーティーで、私のパートナーが決まっていないという噂が広まり、パートナーが見つからないまま残り一週間になってしまった。

「エレノーア、少しいいでしょうか？」

どうしたものかと色々考えていると放課後、ルイス様が珍しく私の教室へと訪れた。

「ルイス様がこちらにいらっしゃるのは珍しいですね。場所を変えた方が良いでしょうか？」

「えぇ、そうですね。ここでは落ち着いて話せそうにありませんから。では、いつもの場所で待っています」

重要な話だろうと考え、場所を移すことを提案すると、ルイス様は優しく笑みを浮かべ、去っていった。私も急ぎ支度をし、ルイス様を追いかけた。

いつもの場所へと到着すると、ルイス様が二人分のお茶を淹れて待っていた。席に着くと、お茶とお茶菓子を私の前に置き、早速ルイス様が本題を切り出してきた。

「まずは急に呼び出してしまい、申し訳ありません。ただ、少々気になる噂を耳にしましたのでエレノーアに尋ねたく……」

「気になる噂、ですか？　私に答えられることでしたら」

憂いのある表情を浮かべたルイス様に私は首を傾げる。ルイス様の気にするような噂に心当たりなどなかった。

「えぇ、一週間後に王宮で開かれる王女殿下の誕生日パーティーのパートナーがまだ決まっていないと。それは本当なのですか、エレノーア」

全てを見抜かれているようなルイス様の視線に嘘をつけるはずもなく、私は静かに頷いた。言葉にできなかったのは、ルイス様の纏《つくろ》う虚偽を許さないとでもいうような雰囲気に圧倒されてしまったからだ。

「……お恥ずかしながら。ですが、お父様にも相談していますので、当日まではなんとかなるかと思います。ご心配させてしまったようで申し訳ありません」

心配される必要はないというように笑みを浮かべてみせる。

だが、ルイス様はそれでも不安そうに私を見つめていた。そして、少し考える素振りを見せる。

「……いえ。その、エレノーアさえよろしければ、私をパートナーに選んでいただけませんか？　身分は釣り合いませんが、これでも殿下の傍付きですから。レイストの代わり、ということでしたら受け入れられると思うのですが」

その提案は、嬉しいものだったが、同時に、申し訳なくも思う。

「ですが、よろしいのですか？　レイスト様から、ルイス様はいつもパートナーを伴わないと伺ったのですが……」

「えぇ、まぁ。今回も一人で参加しようと思っていたのですが、両親からもそろそろパートナーと共に参加しろ、と言われてしまい……。エレノーアさえよろしければ、私にあなたのエスコート役を任せていただけると助かるのですが……。いかがでしょうか？」

一度もパートナーと参加しない、というのは確かに外聞が悪いかもしれない。ルイス様のご両親もそう思ってのことなのだろう。

だが、それならば私が気にする必要もない。

「そういうことでしたらぜひお願いいたします」

「こちらこそよろしくお願いします、エレノーア。当日は公爵家まで迎えに行きます。それと、当日のドレスの色を教えてもらえますか？」

ドレスの色を聞いてきたのは、色合わせをしなければならないからだろう。ドレス一着の制作にはかなりの時間がかかるため、一から仕立てるのは無理だろうが、少なくとも寄せることはできる。

そう考えてのことなのだろう。

「後ほど、家の者に伝えておきます」

「わかりました。……では、当日はよろしくお願いします」

そう言って、ルイス様は優しく微笑み、退出した。


リリーシア様の誕生日パーティー当日となり、ルイス様が迎えに来る時間まで残り一時間をきっていた。

緊張を隠せずにいる私の様子に、サーニャはどこか面白がっていた。

「エレノーアお嬢様がそこまで緊張するなんて珍しいですね！　今日のパートナーがアースフィルド公爵子息ではなく、バートン伯爵家の方だからですか？」

「えぇ。今までのパーティーではレイスト様がパートナーだったもの。ほかの方にお願いするだなんて初めてだから、少し緊張しているのかもしれないわ」

サーニャは少し驚いたのか目を丸くした後、どこか嬉しそうに笑みを浮かべた。その緊張は、ルイス様だからこそかもしれない。パートナーと踊る最初のダンスを考えるとどうしても緊張してしまうのだ。ルイス様の足を踏んでしまわないかだとか、ステップを間違えてしまわないか、などと今から考えてしまう。レイスト様が相手であれば気にせずにいられたのだが……。

前世でレオン様と踊った時でさえ、こんな緊張などすることはなかったのに不思議だ。

「お嬢様にそのような方ができるだなんて……！　この目で確かめるまで認めません！　少なくとも、それまではお嬢様を絶対に渡しませんからね！　私、頑張りますね！」

……サーニャは全く冷静ではなかった。なぜか変な方向で気合いを入れた様子のサーニャに嫌な予感がする。私を渡さないとはなんなのだろう。渡すも渡さないもない。そもそも誰に渡すというのか。この流れからいくとルイス様に、だとは思うがなぜそうなった。そしてサーニャは何を頑張るつもりなのか。

相変わらず、サーニャの思考がわからない。

その時、一人の使用人がルイス様の到着を告げた。

「お嬢様、バートン伯爵家の方がご到着いたしました」

「えぇ、わかったわ。すぐに行きます。連絡ありがとう、ご苦労様」

下へ降りると、いつもとは違う礼服のルイス様にサーニャへのつっこみで取り戻しかけていた冷静さを失い、緊張が高まっていくのを感じる。その緊張を押し隠し、無理矢理笑みを浮かべ挨拶をすると、ルイス様もいつも通り笑顔を向けてくれた。

「ルイス様、お待たせして申し訳ございません。本日はエスコートよろしくお願いいたします」

「えぇ、こちらこそよろしくお願いします。その、ありきたりな言葉になってしまいますが……。とても綺麗ですよ」

サラッと付け加えられた言葉に、お世辞とはわかっているが照れくさい。

レイスト様がそのようなことを言うことはなかったので耐性がないからかもしれない。

「ありがとうございます。ルイス様も、とてもお似合いです」

「ありがとうございます。あなたにそう言っていただけると嬉しいです。……では、そろそろ行きましょうか」

ルイス様の差し出した手を取り、馬車に乗り込むと、さらに緊張が高まる。

自分の鼓動の音が普段よりも大きく聞こえる。

「エレノーア、このような物しか用意できなかったのですが……。よろしければ受け取ってはいただけませんか？」

　ルイス様が取り出したのは深い蒼をベースに銀と淡い青の線があしらわれた綺麗な髪飾りだった。それに加え、ブルーガーネットとベニトアイトの美しい青色の宝石が使われていて、それがとても高価なことは一目でわかるほどの精巧さだ。

　そのようなものを用意していたと知り、驚きと申し訳なさで一瞬だけ固まった。すぐに我に返ると、慌てて断ろうとする。

「このような高価な物、とても受け取れません」

「気にしないでください。こちらでドレスも用意できませんでしたから。せめて、このくらいの贈り物くらいはさせてください」

　本来、夜会にパートナーと参加する際、令嬢のドレスは相手が用意するのが主流だ。私とレイスト様のように古くから親交がある家同士であったりすれば、また話は変わってくるが、そのことを出されると、受け取らないわけにはいかなくなってしまう。それも想定の内だろうが、こういうことをするからルイス様はズルいと思うのだ。

「……そういうことでしたら、受け取らせていただきます。ありがとうございます、ルイス様。その、せっかくですから着けてもよろしいですか？」

「えぇ、もちろんです」

　先ほどいただいたばかりの髪飾りを身に着け、ルイス様にエスコートをされ会場へと入場した。

会場にいた人々の様々な視線が突き刺さる。好奇や嫉妬、冷ややかなもの、品定めでもするかのような視線と様々だ。きっと、私たちの身分差とルイス様の立場が原因だろう。

私とレオン様のことを学園に通っている方々が家に報告していたとすれば、その方面での噂が原因かもしれない。ルイス様もレオン様と馴染みの深い方だ。ありえなくはない。……妬みに関してはルイス様の外見も含まれるかもしれない。

「エレノーア、大丈夫ですか？　私のせいで好奇の目に晒されることになりましたね」

「ルイス様のせいではありません。それに、レイスト様と参加する時とあまり変わりませんよ。何よりルイス様がエスコート役を受けてくださり、私も助かりました」

今回、初めてレイスト様以外の方をパートナーとし参加したせいで注目は浴びているものの、身分と立場からレイスト様と参加する時も今とさほど変わらない視線を向けられている。むしろ今回はルイス様の方が視線を浴びているせいか、私としてはいつもよりも気が楽に感じる。ルイス様としてはあまり良いものではないだろう。

「それでしたら良いのですが……。ですが、少しでも体調に異変を感じた時はすぐに言ってくださいね。あなたに何かあってからでは遅いのですから」

穏やかな笑みを浮かべながらも、否定することを許さぬルイス様の瞳に私はただ頷くことしかできなかった。それ以上に、心配してくれているのだろうとわかり、その気遣いがとても嬉しく感じられた。

「途中、もしかすると一度傍を離れることになるかもしれませんが……」

「はい、承知しております。ルイス様もお気を付けてください」

何を、と言わずとも理解したようで少々呆れを含んだような目を向けてきたものの、ルイス様はすぐに了承の意を返してきた。

そんなやり取りをしているうちに、リリーシア様をはじめとした王族が入場したようで、陛下とリリーシア様の挨拶となった。その挨拶が終わると、会場内に緩やかなワルツが流れはじめる。

「エレノーア、よろしければ私と一曲お願いできますか？」

「はい、もちろんです」

ルイス様の手を取り、そのまま緊張を押し隠しダンスホールへと歩き出す。

「上手いですね。これでは、リードが逆転してもおかしくはありませんね」

踊りはじめると、そんなことを口にする。だがその言葉とは裏腹に、ルイス様の表情には余裕の笑みが浮かんでいた。

だが、そのおかげで私はだいぶ緊張が和らいだ。ルイス様のリードがとても上手く、この様子であればステップを間違えてしまうこともないだろうし、そもそも足を踏んでしまうこともないだろうと思えたからだ。無駄にこもっていた力が抜けたような気がする。

「ルイス様のリードがとてもお上手ですから、私がリードを奪えるはずがありません。譲ってくださるつもりもないのでしょう？」

「ええ。エレノーアには格好悪いところを見せたくはありませんから」

格好悪いところなどと、非の打ちどころのないルイス様が何を言うのかと呆れ交じりの視線を向けると彼はそれに気付いてか、誤魔化すように笑った。

「……残念ながら、そろそろ終わりのようですね。まだエレノーアと踊っていたいのですが、仕方ありませんね。殿下と王女殿下からの圧力もありますし、そろそろご挨拶に行きましょうか」

とても残念そうに肩を竦めてみせたルイス様に私は思わず笑みを零す。それほどまでにルイス様とのダンスは楽しく、あっという間に終わってしまった。

「そうですね。ルイス様と踊るのは楽しかったので、残念です。また機会があれば、踊っていただけますか？」

「……そう思っていただけたのなら良かったです。エレノーアが望むのでしたらいつでもお相手致しますよ」

私の言葉に一瞬だけ、ルイス様から表情が抜け落ち固まったがすぐに笑みを戻す。いつもよりもぎこちない笑みだった。その違和感に私は内心首を傾げる。

あれだけ緊張していたはずのダンスを何事もなく終え、私たちはそのままリリーシア様のもとへと向かった。

「リリーシア様、このたびはお誕生日おめでとうございます。今年の贈り物も気に入っていただけると嬉しいのですが……」

「ふふっ。ノア、ありがとう。毎年ノアからの贈り物を楽しみにしているのよ？　今回の香水もとってもいい香りで気に入ったわ。付けてくるのがもったいなく感じちゃうくらい」

少し照れたように笑みを浮かべるリリーシア様は本当に可愛らしい。

今、リリーシア様が付けている香水は私が誕生日のお祝いとして贈ったものだ。ずいぶんと気に入っていただけているようで、嬉しさと共に気恥ずかしさも込み上げてくる。

「それでしたら良かったです」

「贈り物といえば、今回お兄様からは懐中時計をいただいたのだけど、ノアも一緒に選んでくれたのでしょう？　お兄様はいつもオルゴールばかりなんだもの。綺麗ではあるんだけど置き場に困ってしまって……。ノアのおかげで今年はオルゴールが増えずに済みそうだわ。本当にありがとう」

「悪かったな、オルゴールしか能がなくて。だが、ノアのおかげで助かった」

相変わらず、二人の仲は良いようでリリーシア様は文句を言いながらも楽しそうに笑っていた。レオン様も困ったように眉根を下げていたが、口元には笑みが浮かんでいる。

「それにしても、まさかノアのパートナーがルイスとはな……。学園でも噂になっていたくらいだ。……すまなかった。私の護衛にレイストを駆り出してしまったせいで大変だっただろう？　カインが来られなくなり、急遽頼むことになったんだ」

「いえ、レイスト様から事情は伺いましたから、仕方ありません。そちらの方が優先ですもの。むしろ噂になってしまったことが恥ずかしいくらいです」

レオン様の護衛として側に仕えているレイスト様にチラッと視線を送り答える。カイン様が来られなくなったということならば、レイスト様が護衛に駆り出されるというのも十分に理解できるし、仕方ないと思う。

「だが、頑なに拒んでいたルイスがパートナー役を受けるとは。どんな心境の変化だ？」

「一度くらいはパートナーと参加しろと、しつこく家族から言われてしまいまして。エレノーアも困っていたようでしたのでお願いしただけですよ。お互い、知らない仲ではありませんし」

レオン様もルイス様を気にしていたらしい。レイスト様はなぜか笑いを堪えているようだ。一度、私がルイス様にはパートナー役を頼まないと言ったからだろうか。

「あら、ノアとルイス様は仲が良かったのね。知らなかったわ」

リリーシア様は私とルイス様との仲に驚かれているようだ。そこまで驚く要素はなかったとは思うが、リリーシア様からすると違うらしい。

「えぇ、まあ。エレノーアとは同じ文官を目指す者同士ですし、レイストという共通の知り合いもいますので」

ルイス様は僅かにレイスト様に視線を向けた。レイスト様とルイス様がそれほど仲が良かったことは知らなかったが、確かに嘘ではない。現在は私とルイス様が隠れずに会うこともあるが、そのきっかけを作ったのはレイスト様だった。

「リリーシア様にご挨拶したい方がまだいらっしゃるようですので、私たちはそろそろ失礼いたします」

「ええ、まだノアと話していたいし残念だけれど。ノア、また今度ゆっくりお話ししましょう。約束よ？」

「はい、ぜひ。楽しみにしていますね」

そんな約束をしてから、私たちはリリーシア様から離れた。

リリーシア様たちと離れた後、私はルイス様とベランダへと移動した。私もルイス様も人の視線を避けたかったというのがホールではなくベランダへと移動した一番の理由だ。

……夜の少し肌寒いくらいの風が気持ちいい。ホールの賑やかな空間から移動したということもあり、とても静かに感じる。空を見上げてみると、星が綺麗に輝いていた。

「上を見上げて、どうかしましたかエレノーア？」

「いえ、ただ星空が綺麗でしたから……」

空を見上げたまま固まっていた私を心配したのか、ルイス様が声をかけてきた。私のその返答は予想外だったのか笑われてしまった。

「ふふっ……。星空、ですか」

「夜会で言うことではありませんでしたが、そこまで笑うこともないと思います」

正直に言うのではなかった、と後悔しているとルイス様が上着を脱ぎ私の肩にかけた。

「そのまま見ているのでしたら、風邪をひいてしまいますから」

「ありがとうございます。ですが、それではルイス様が……」

「大丈夫ですよ。私は暑いくらいですからエレノーアが使ってください。私は飲み物を取ってきますから、ゆっくりしていてください」

ルイス様に諭されるように言われ、私は何も言えなくなってしまう。そのまま、ルイス様がホールへとドリンクを取りに行った後、交代でレイスト様が来た。

「楽しんでいるか、エレノーア。エスコート役、急にキャンセルして悪かった」

「いえ、気にしないでください。レイスト様が悪いわけではありませんから」

レイスト様は申し訳なさそうにしているが、彼は悪くはないのだから堂々としていればいいのだ。

「そう言ってもらえると助かる。けど、結局ルイスと参加することにしたんだな」

「ルイス様もパートナーの方を探しておられたようでしたからちょうど良かったです」

レイスト様に経緯を説明すると、不本意ながら呆れたような目を向けられた。

「エレノーア、まさかそれ本当に信じているのか……？　さすがに、ルイスが哀れになってくるな」

「どういう意味でしょう？」

「……まぁ、気にする必要はないだろ。いつかわかる」

謎の言葉に、頭に疑問符が浮かび上がる。なぜ、ルイス様が哀れと言われるのか、そしてその原因が私にあることに、私はただ首を傾げる。

「一つ、いいか。俺は、エレノーアが殿下と婚約し、王妃になると思っていた。文官になる、とは言っていたがそれも殿下との婚約に向けての隠れ蓑だとずっと思っていた」

「そんな、ありえません。私がレオン様と婚約など……」

「俺にはそれが理解できなかった。殿下の相手となれば公爵家か他国の姫君だろう。国内の公爵家で唯一、殿下の相手となりうるエレノーアが、頑なに殿下との婚約を否定するどころか逃げる理由も俺にはわからない」

レイスト様の言葉に、私は何も言えなくなる。理解できるわけがない。

私だって、前世の時はレオン様の婚約者となり、いずれは王妃となるのだと思っていたしそのために努力をしていた。今の私があるのはユリア様が王妃に、レオン様の相手に相応《ふさわ》しいと思ったからだ。今のユリア様を見ていると、それも疑問になるが……

「少なくとも、幼い頃のエレノーアは殿下を好いているように見えた。だから余計わからない。なぜ、殿下との婚約を拒む」

レイスト様の言葉に、少しだけ考える。最近、思うことがあった。私は、本当にレオン様が好きだったのかと。

答えは否。私は別に、レオン様に恋愛感情を抱いてはいなかった。それに気付いたのは最近だ。

「物心ついた時から、周囲の方からは私の婚約者はレオン様だと言われてきました。……好きだったわけではありません。ただ、憧れていたのだと思います。お父様とお母様は貴族では珍しい恋愛結婚です。だからこそ、婚約者となる人に恋をしたかった」

つまりは、恋に恋していたのだろう。私は、一度もレオン様に対し緊張を抱いたことはない。精々、顔合わせと初めてダンスを共に踊った時くらいだろう。

ユリア様といるところを見た時だってそうだ。周囲の人から何か言われなければ気に留めることもなかっただろう。

「そう、か。今のエレノーアからは考えられない言葉だな」

レイスト様にそう言われ、私は苦笑を返す。

「殿下を、好きになることはないのか？」

その言葉に、少しだけ考える。確かに、レオン様は素敵な方だとは思う。だが、レオン様を好きになるかと言われると、それはないと思えた。

「そんな未来はありえません。私にとってレオン様は大切な友人で、主ですもの」

「ならば、ルイスはどうなんだ？」

いきなり出てきたルイス様の名に、私は戸惑った。ルイス様は、素敵な方だ。ルイス様と過ごす時間は心が安らぎ、居心地が良い。

答えられずにいる私に対し、レイスト様は答えを聞かず話は済んだとでもいうように離れていく。

「……そろそろ、ルイスも戻ってくるようだから俺も殿下のところに戻る。後で、また時間があれば王女殿下と話してさしあげてほしい。殿下が宥めているが、だいぶストレスが溜まっていらっしゃるみたいだからな」

そう言われ、ホールのリリーシア様を探すとすぐに見つかった。相変わらず、大人や令息に囲まれているようだ。きっとリリーシア様の婚約者が決まれば状況が変わるのだろう。

それは殿下も同じようで、殿下は令嬢たちに囲まれていた。二人とも大変そうだ。後で隙を見てリリーシア様を連れ出そう。そう考えているとルイス様が両手にドリンクを持ち戻ってきた。その時には既に、レイスト様は消えていた。

「お待たせして申し訳ありません。どうぞ」

ルイス様が差し出してきたグラスを受け取り、お礼を口にすると、彼は静かに微笑んだ。

しばらく、ルイス様と二人でベランダで話した後、再びホールへ戻る。その頃には私への視線はそれほど集まらなくなっていた。

「ノア、ここにいたのね。ミアと一緒に探していたのよ？」

ホールへ戻ったところで、早速話しかけられる。相手はワインレッドの鮮やかなドレスを着たフィアだった。フィアだった。ずいぶん疲れた様子だ。

「そうだったのね。ごめんなさい、フィア。人が多くて疲れてしまって、少し休憩していたの」

「ま、バートン様と参加すれば目立ちもするだろうし、仕方ないわね。それじゃあ私はミアを呼んでくるわ。多分、まだノアを探しているだろうから」

フィアはルイス様を見ると、苦笑をもらし私をまだ探しているらしいミアを呼びに行こうとする。

「では、私は殿下のところへ顔を出してきます。エレノーアは……」

私がフィアと共に行きたがっていることに気付いたのだろうか、ルイス様がそんなことを口にした。その言葉に甘え、私はフィアと共にミアを探しに行くことにする。

「フィアと一緒に、ミアを探しに行こうかと思います」

「わかりました。ではまた後ほど」

ルイス様が離れたところで、私はフィアと共にミアを探しはじめる。しばらくかかるかと思ったが、ミアは意外と早くに見つかった。

ただ、誰かと話しているようでその相手を見てフィアが顔を顰《しか》めたのが気になった。

「……先に言っておくわ。もしかしたら不快にさせちゃうかも。悪気はない、とは言えないけれど大目に見てもらえるとありがたいわ」

珍しく苦い表情を浮かべているフィアと、その言葉に不安が募るが意を決してミアのもとへと足を向ける。

「ミア、お待たせ。ノアはベランダにいたみたいよ。バートン様が殿下のところに行くみたいだったから連れてきちゃった」

「ごめんなさい、ミア。私のことを探してくれていたのでしょう？」

ミアに謝罪を入れ、お話し中だった相手に向き直る。初対面の人だが、どこかで見たことのあるような印象を受ける。

一度会ったら忘れることはないのに、と内心首を傾げているとフィアが紹介してくれた。

「私の兄の、ヴァージル・リンケールよ。ヴィリー商会って知ってるかしら？　一応、そこの商会長なの。人は悪いけれど、商人としてはやり手だとは思うわ」

ヴィリー商会といえば、最近急成長を遂げている商会の名だったはずだ。リンケール家が関わっていたのならば納得もできるが、それをこの方が、とも思う。

「人が悪いとは心外だが……。ヴァージル・リンケールと申します。妹のリーフィアがご迷惑をおかけしてはいないでしょうか」

フィアに一言文句を口にしたかと思えば、一瞬にして纏《まと》っている雰囲気がガラリと変わる。

「迷惑だなんて、そのようなことは。むしろ私の方が迷惑をかけてしまっているようで申し訳ないくらいです。申し遅れました。エレノーア・エルスメアと申します。先日は資料をくださり、ありがとうございました。お気持ちは嬉しいのですが、資料の方はご返却させていただきたく思います」

フィアを仲介し、私はヴァージル様から文官採用試験用の資料をいただいた。だが、どうしても受け取る気にはなれなかった。

「……理由をお聞かせ願っても？」

「私だけがいただく、というのは少々ズルいような気がしてしまい……。ヴィリー商会で販売するようでしたら、その際は購入させていただきます。ですので、資料は一旦お返しいたします」

私だけが受け取るのは、優遇されているようで少し嫌だった。お父様にお願いし、仕事風景を見学させていただいている時点で、今さらと思われるかもしれないが。

だが、もしいただいた予測問題が当たり、合格できたとする。それが一般販売されているものであればいい。だが、そうでないのなら……その時私は心から喜べるのかと考えてみると、やはり受け取ることができなかった。

◇◆◇

俺は、エレノーアのパートナーとしてパーティーに参加した。一夜限りとはいえ、彼女をエスコートしている。その事実が俺の気分を浮き立たせる。

だが、それ以上に警戒心を忘れるわけにはいかない。エレノーアはとても魅力的だ。普段からそうだというのに、今日は一段と綺麗だ。そんな彼女に近付こうとする者は多い。その露払いもパートナーとしての俺の役目だ。

「……君が、ルイス・バートンか」

エレノーアと別れ、念のため少し離れたところで彼女を見守ろうと考えていた時、突然背後から声をかけられた。

厳粛な雰囲気を纏《まと》い、額に皺を寄せた男性と、その隣で柔らかな笑みを浮かべている女性だ。その衣装と立ち振る舞いから目の前の二人がエレノーアのご両親だろうと見当を付ける。どちらも油断できないが、特に女性は警戒すべきと頭の中で警鐘が鳴り響く。

「はい。お初にお目にかかります。ご挨拶が遅れてしまい申し訳ございません。本日、ご令嬢のパートナー役を務めております、ルイス・バートンと申します」

エレノーアのご両親ならば、と笑みを貼り付け、丁寧に対応する。

だが、それに返ってきたのは奥方の冷たい視線だった。

まるで俺の本質を見抜いたかのようなその視線に体が強ばるのを感じる。

「私はルーラス・エルスメア。こっちが妻のアイリスだ」

「アイリス・エルスメアよ。ごめんなさいね。この人、言葉が足りないでしょう？　いつものことだから気にしないでもらえると助かるわ。ルイス君、まだノアのところには戻らないのでしょう。少しだけ私たちに付き合ってくれないかしら？」

先ほどの冷たい視線が嘘のような笑みで誘われる。本音を言えば断りたいところではあるが、エレノーアの母君からの誘いとあれば断れはしない。

瞬時にそう判断すると、俺も笑顔で了承の意を返す。そして、お二人に連れられ、別室へと移動したところで奥方の表情から笑みが消えた。

「そうね、何から話そうかしら？　あなたに言いたいことや聞きたいことは色々あるのだけれど……。まずは、そうね。もし、ノアが殿下と婚約することになったとしたら、あなたはノアを祝福してくれるかしら？」

その質問に、頭の中が真っ白になった。きっと、表情が抜け落ちていることだろう。何を言っているのか理解できず、理解など、したくはなった。

だが答えねばならない。しばらくして、俺はようやく冷静さを取り戻し、再び笑みを貼り付け当たり障りのない回答を考え口にした。

「えぇ、もちろんです。エレノーアがそれを望むのでしたら。ですが彼女の夢は文官となることと聞いております。その夢を抱く以上、エレノーアは王妃となる未来を望みはしないでしょう。ですので、今はわからないとだけ。少なくとも私は、友人として彼女の味方でありたいと思っておりますので」

きっと、エレノーアは殿下の婚約者となることを望みはしないだろう。ならば俺はいずれ王妃となる未来を否定する。彼女の意思に従って。

もし、彼女がその未来を望んだとするのならば、その時は、形だけとはなりそうではあるが祝福しよう。

「ふふ、そうね。あの子は殿下と共になることを望まないでしょう。あなたがずいぶんとノアのことを大切に思ってくれているようで嬉しいわ。でも、その相手がレイスト・アースフィルドだったのならどうかしら？」

「それは、ありえません。エレノーアもレイストのことはただの幼馴染としか思っていないようですし、レイストはほかに想っている令嬢がおりますから。彼女はレイストの恋の妨げになることを望みはしないでしょう。政略結婚、ということでしたら可能性はありますが、それはお二人がお認めにならないのでは？」

俺の言葉に奥方が驚いたようだった。

公爵は相変わらず、機嫌が悪そうに眉根を寄せて俺に言った。

「……なぜ、そう思った」

「お二人がエレノーアをとても大切にしていらっしゃることは存じております。そしてこのような場を設けられたことからも十分窺えます。もし、政略結婚をさせるつもりであるのでしたら、エレノーアは既に殿下の婚約者となっているでしょう。ですが、彼女はまだ誰とも婚約をしていません。それは彼女の意思をお二人が尊重しているからであると判断いたしました。そのためエレノーアではなく、ほかに想い人のいるレイストに嫁がせることはないだろうと考えました。もしレイストがその令嬢と想いを通わせたとして、エレノーアが傷つくなどということもありえますから」

エレノーアの歳で、婚約していない令嬢はかなり少ない。公爵家の令嬢は殿下の婚約者となる可能性もある、ということで婚約していない令嬢もいるが、ごくわずかだ。あとは、商人の家系や婿探しをしている家の令嬢くらいだろう。そこまでしていまだに婚約者を決定していないのは、殿下と婚約させるつもりがない以上、エレノーアのためなのだろう。

「……そうねぇ。どこかの娘離れできない父親が公爵家と王族だけは婚約を認めない、だなんて言うからよ。かといって、あの子の婚約者を適当に決めるわけにもいかないでしょう？　そのせいで知らない者たちからはノアが殿下の婚約者の有力候補なんて言われてしまうし」

「……だから、ノアの婚約者候補を探しているのだろう」

公爵が酷く苦い表情を浮かべていることから、噂が不本意だと窺えた。そして、その婚約者候補という言葉に、鼓動が一度、大きくはねた。

「あら、そうだったわ。ルイス君、今回はあの子をエスコートしてくれてありがとう。おかげで助かったわ」

奥方の言葉で現実に引き戻される。

そう、わかっていたことだ。エレノーアに、婚約者ができることなど。何を取り乱しているのか。

「いいえ、私もパートナーとして参加していただける方を探しておりましたから」

当たり障りのない言葉を選び口にする。ここで取り乱してはいけない。俺は、エレノーアの友人としてこの場にいるのだ。

「あなた、殿下や国への忠誠心はないでしょう」

そんな奥方の言葉に俺は笑みを浮かべた。殿下や国への忠誠心など、俺には微塵もない。あるとすれば、エレノーアにとって良い国にしたい。それだけだ。

「国をより良くしたいとは思っております」

「そう。なら良いのだけれど。それはそうと、ルイス君。あなた、好きな方はいるのかしら？」

奥方が笑顔で問いかけてくる。エレノーアに似た笑顔を見せる奥方に、俺は苦笑する。奥方は、俺がエレノーアに想いを寄せていると気付いているのだろう。だからこその問いかけか。ならば今さらそれを否定したところで意味もない。

「あら、答えてはくれないのかしら？」

「私が答えずとも、わかっておられるようですので」

言外に無駄だろうと言ってみせると奥方は笑った。

「ふふっ、そうね。でも、ルイス君の口から直接聞きたいのよ。あなたが本当に、あの子を……」

「ご安心ください。私は、自分の身の丈をしっかりと理解しております。エレノーアに伝えることはございませんので」

奥方の言葉を遮り、告げる。多くは望まない。

だからどうか。

どうか、彼女の友人でいることだけは許してほしい。彼女の傍で守る権利だけは奪わないでほしい。そんな思いで俺は口にする。

「あら、伝えてくれて構わないわよ？」

「……は？」

奥方の言葉に耳を疑った。エレノーアに伝えて構わないとはどういうことなのだろうか。

「もちろん条件次第で、だけれどね。そうね、こちらが提示する条件は四つ。一つ目は、殿下とノアの間に持ち上がっている婚約話をあとくされなく潰してみせること。二つ目は、あなたが文官採用試験で合格すること。当然、優秀な成績でね。三つめは、公爵としての仕事を覚えること。これに関しては婚約後になるかしら？　でも、ルイス君なら大丈夫でしょう。そして最後に、ノアの了承を自分で得ること。この四つの条件を果たせるというのなら、気持ちを伝えてもいいわよ」

奥方から提示された条件について、必死で考えを巡らせる。

殿下とエレノーアとの婚約話を潰すことは問題ないだろう。エレノーア自身が逃げている現状であれば、それは容易い。殿下もエレノーアの意思に反し、話を進めることはないだろう。

ならばいくらでもやりようはある。文官採用試験も、問題はない。三つ目の条件は少々不安はあるが、大丈夫だろう。エレノーアのことを思えばどんなことだろうとやり遂げられる。

一番の問題は、エレノーアからの了承を得ることだ。エレノーアにとって、俺はただの友人でしかないのだから。

「あ、そうだわ。もう一つ、条件があるわ。あなたがノアの婚約者となるつもりなら、私たちやノアの前で自分を演じるのはやめてちょうだい。まぁ、ノアが了承するまではまだ婚約者候補の一人というだけなのだけれどね」

最後の最後で嫌な条件が追加された。俺がこの本性を明かしたとして、エレノーアは果たして受け入れてくれるのだろうか。

もし、拒絶されたら……だが、そのリスク以上に得るものは大きい。

「……覚えておきます。それでは、私はそろそろ失礼いたします」

覚悟を決めると、俺は二人の前から離れエレノーアのもとへと向かおうとする。

「待て」

今まで無言を貫いてきたエレノーアの父君、エルスメア公爵に声をかけられ足を止める。

「……娘を、よろしく頼む」

エレノーアを心配する言葉に俺は自然と笑みが零れた。礼を返すと、足早にエレノーアのいるホールへと向かう。

今は無性に、エレノーアに会いたかった。

◇◆◇

フィアのお兄様、ヴァージル様とお話ししていると、そこにルイス様がやってきた。先ほどよりも浮かない表情をしているが、何かあったのだろうか。

とはいえここで詳しく聞くわけにもいかず、気付かないフリをする。

「お久しぶりです、ヴァージル殿」

「お久しぶりですルイス殿。その節はどうもありがとうございました」

どうやら二人は親交があったようだ。仲がいい、というわけではなさそうだが。

「いえ、私がしたことといえば兄を説得したくらいですので。ヴァージル殿の手腕があってこそでしょう」

「ルイス殿が説得してくださらなければ、ヴィリー商会の設立もままならなかったでしょう」

二人の会話からして、どうやらルイス様はヴィリー商会の設立に関わっていたようだ。その割に、剣呑とした雰囲気が漂っているのはなぜだろう。

ルイス様は私に向きなおると言った。

「エレノーア、疲れてはいませんか？　ヴァージル殿の相手は疲れたでしょう。コレに何かされたら私に言ってください」

「私が何かしたとは心外だな。お前と交流のある人物に対して何かしたことなどないだろうに」

先ほどまでの空気が嘘のように、親しげに会話を始めた二人に思考が追いつかず、不覚にも固まってしまった。それはミアとフィアも同じだったようだ。

ただ、ルイス様と兄であるヴァージル様の関係をフィアも知らなかったということだけが、少し気になった。

「まぁいい。ルイス殿、兄君によろしく伝えておいてくれ。では失礼する。エレノーア嬢、リーフィアと仲良くしてやってくれ」

ヴァージル様は最後に笑うと、離れていった。

「本当に申し訳ないわ……。あんな兄さんだけど、商才だけはあるのよ」

フィアが頭を抱えたそうにしているが、周りの目があるからか気まずそうに目を逸らすだけだった。

「じゃあ、バートン様も来たみたいだし、私たちはそろそろ失礼するわ。ミア、行きましょう」

「あまりお話はできませんでしたが……。ノア、また学園で」

二人が離れていくと、ルイス様が申し訳なさそうに眉根を下げた。

「もう少し、ゆっくりすれば良かったですね。友人方との時間を邪魔してしまったようで、申し訳ありません」

「いえ、邪魔だなんてそんな！　ルイス様の方はよろしかったのですか？　なんだか少しお疲れのようですが……」

「えぇ、特に問題はありませんでしたよ。心配させてしまったようで申し訳ありません」

私の言葉に、なぜか少しだけ嬉しそうにルイス様の声が弾んだ。表情からは疲れの色が消え去っていたこともあり、とりあえず先ほどの表情は気のせいだったのだろうと自分を納得させる。

「あっ……！　ルイスさん、エレノーアさん！　良かった。お二人も来ていたんですね」

突然話しかけてきたのはユリア様だった。

無邪気に笑うユリア様に私は思わず表情を歪めそうになるのをグッと堪える。ただ、一つ思うのはミアとフィアの二人が離れた後で良かったということだろう。

「行きましょうか、エレノーア」

「あっ、待ってください！　私、ルイスさんと踊りたくて探していたんです。一曲踊っていただけませんか？」

ルイス様が私に手を差し伸べると、私がその手を取る前に、ユリア様がルイス様の手を取った。

その様子に、胸が痛むのを感じながらユリア様を咎めるように口を開こうとすると、その前にルイス様が行動を起こした。ユリア様の手を振り払い、侮蔑のこもった目を向けたのだ。

一瞬のことではあったが、ルイス様らしくないその姿に驚く。

「一体、何度言えばわかるのです。私はあなたに名を呼ぶことを許した覚えはありません。あぁ、それと、あなたのような礼儀知らずと共に踊りたいとは思えませんし、エレノーア以外の方と踊るつもりはありませんので」

私にいつも向ける声とは全く違う、その冷ややかな声にゾッとする。いつもの柔らかな物腰はどこへ消えたのかと思うほどだ。

だが、私以外と踊るつもりはないというその言葉につい嬉しいと思ってしまう。

「エレノーアは公爵令嬢です。友人でもないあなたが気安く名を呼び、話しかけるなど許されることではありません」

「えっ！　エレノーアさんとはお友達ですよ？　そうですよね、エレノーアさん」

私に同意を求めるように笑顔を向けてくる彼女に、私は言葉を失った。

私には彼女に目の敵にされた覚えしかないのだが、それが友人というものなのか。

だとすれば、彼女の『お友達』という定義は私とは全く違うものなのだろう。彼女に対して、申し訳ないと思う一方でそれだけは認めたくはないと思ってしまった。

「申し訳ありませんが、あなたに友人と言われる覚えはございませんので」

ユリア様に笑顔で否定の言葉を口にすると、ルイス様が私の行動に目を丸くした後、微笑んだ。

「ひ、酷い……！　私、エレノーアさんのことお友達だと思っていたのに！」

目を潤ませて睨んでくるユリア様に若干の苛立ちを感じながら、思う。どの口が言うのか、と。私の悪口を言い、悪者として扱っておきながら友人と平気で口にする彼女の方が、よっぽど酷いだろう。

「なんの騒ぎかしら？」

この状況で、リリーシア様が騒ぎを聞きつけやってきたようで、私は礼をした後軽く説明する。すると、リリーシア様はユリア様に呆れの目を向けた。

「大概になさい。王族主催のパーティーに礼儀もなっていない者が来るだなんて……」

「王女殿下を祝うべきこの日に、このような下らない騒ぎを起こしてしまい申し訳ありません。私たちはお先に失礼させていただこうと思うのですが……」

リリーシア様がルイス様の提案に少し考える素振りを見せる。そしてユリア様を一瞥《いちべつ》すると、重くため息をつき、頷いた。

「……その方が良さそうね。ノア、今日はごめんなさい。招待客にミスがあったようだわ。後でお兄様にも伝えておくければど、またゆっくりお話ししましょう」

「はい、ぜひ。私の方こそ、このような日に騒ぎを起こしてしまい、申し訳ありませんでした」

私の返答にリリーシア様は苦笑すると、今度はルイス様に向き直った。

「ノアをよろしくね」

「ええ、もちろんです」


ルイス様のエスコートで馬車に乗り込み、エルスメア公爵家へと帰る中。

私たちの間にはなんとも言えない空気が流れていた。その原因は、やはりユリア様の一件だろう。

「申し訳ありません、エレノーア。私がもっとあの方を上手く躱《かわ》すことができたのなら良かったのですが……」

また、ルイス様を謝らせてしまったことに慌てつつ、私はユリア様のことに思いを馳せる。

……私は、選択を誤ったのだろうか。私の知るユリア様は慎み深く、穏やかな女性で様々な知識に富んでいた。

だが、今の彼女はどうだろうか。礼儀知らずにもほどがある。穏やかという言葉からもかけ離れている。そんな彼女は、いまだ何も思わぬようで笑顔で過ごしている。とても、同一人物とは思えなかった。私が王太子妃となるべき方だと認めたあのユリア様とは別人だ。

「エレノーア、どうかしましたか？」

「いえ、少々ユリア様のことを考えていただけですから」

気が付けばルイス様が憂《うれ》わしげな表情で私を見つめていた。

「大丈夫ですか？　何か気に病むことがあれば言ってください。全て、とはいきませんができうる限りあなたの憂いをなくしますから」

あまりにも慈愛に満ちた声色に、私は心が波立つのを感じた。

なぜなのだろう。最近、ルイス様がとても変わられたように感じる。以前とは違う心の余裕を感じるのだ。

それがどう違うのか、と言われると説明しがたいものがあるが、そのせいだろうか。咄嗟に笑みを浮かべ、そのルイス様の言葉を断ることができなかった。

そんな私を見透かしたように目を細めてみせたルイス様に私は目を逸らした。

「本当に、大丈夫ですから。ルイス様は私よりもご自分のことをお考えください」

無理やりそんな言葉を捻り出す。そんな言葉しか、出てこなかった。

「私では、あなたの力にはなれませんか……。仕方ありませんね。今の私が力不足であることは事実ですから」

消え入りそうな声で、ルイス様はそんなことを口にする。その悲しげな瞳を私は静かに見つめていた。

「ルイス様が力不足だなんて思いません。私は友人としてルイス様と対等でありたいのです。そのためにも、ルイス様に助けられているばかりではいけませんから」

私はずっと、ルイス様に助けられ、支えられてばかりだったから。これ以上頼り続けていては対等な友人とは言えないだろう。

私のそんな解答に、困ったような表情をルイス様は浮かべた。

◇◆◇

エレノーアを屋敷へ送り届けた後、帰りの馬車の中で俺は彼女の母君の言葉を思い返していた。

『私たちやノアの前で自分を演じるのはやめてちょうだい。まぁ、ノアが了承するまではまだ婚約者候補の一人というだけなのだけれどね』

その言葉が、ずっと頭の中にあった。

俺が、エレノーアの婚約者候補の一人に。喜びと不信感、不安など様々な感情が合わさって妙な気分だった。俺はエレノーアとずっと共にいることができるのかもしれない。その現実を信じられないという気持ちの方が強い。これは、俺の欲が見せている夢なんじゃないかと。

「……俺は、エレノーアの隣に立っていいのだろうか」

エレノーアが好きだ。俺の世界はエレノーアを中心に回っていると言えるほどに。エレノーアに何かあれば俺は何を捨ててでも彼女を守る。

だが、だからと言って俺がエレノーアを幸せになどできるのだろうか。彼女の両親が許すというのならば、一番の障害であった身分差は問題ないだろう。

とはいえ彼女の想いが俺に向くとは限らないわけで。母君から提示された条件の中に演じないこととあった。エレノーアの母君は俺の本性を見抜いていたのだろう。それを承知で俺をエレノーアの婚約者候補として認めた。

だが、エレノーアは。彼女は俺の本性を知って、婚約を承知してくれるのだろうか。

もし彼女に拒絶されたのなら俺は生きてはいけないだろう。

「……グダグダ考えていても仕方がない。まあ、一応レイストに報告だけはしておくか？」

思い出したのはレイストの言葉だ。俺を応援すると言ったあいつの言葉に、今は素直に縋りたかった。

「はぁ……。やはり、エレノーアには勝てそうにないな。どうも調子が狂う」

改めてそう実感する。俺はいつになってもエレノーアには勝てないだろう。今もこうして彼女に調子を狂わされ、悩まされ続けている俺ではとても彼女に勝つことなどできない。勝とうとも思わないが。

「エレノーアに拒絶されるかもしれないが、それだけのリスクを負う価値はある、か。……だが、あと少し。少しの間はこのままの関係でいよう」

あと一歩で、手が届くかもしれない。

だが、その一歩を踏み出す勇気が俺にはなかった。その一歩を踏み出したことで彼女を失うことになるかもしれない。それを思うとどうしても踏み出せなかった。

エレノーアのために生きてきた俺にとって、彼女がいない世界など生きる意味などない。

「こういう時ばかりはレイストの奴が羨ましいな。あいつならば、後先考えずに行動できるのだろうな……」

エレノーアへの想いはとても諦められるものではない。

だが、だからといってすぐに行動できるかどうかは別だった。とはいえ、前進したことは確かだろう。エレノーアのご両親からは了承をいただけたのだ。

あとは、俺の問題とエレノーアからの了承をもらえるかどうかだ。

それが一番難題だった。

◇
◆
◇

リリーシア様の誕生日を祝福するパーティーが終わった次の日、学園へ登校するといつもとは違う視線を向けられた。同情や嫌悪、心配、怒りと様々だが何かあったことには変わりないだろう。

休日の前まで、正確に言えばパーティーの前までは普通だったのだ。どう考えてもあのパーティーが原因だろう。

だが気になるのは、同学年の人から向けられる視線は同情や心配といった視線が多く、関わりが薄い学年、クラスになるにつれ嫌悪や怒りといった視線が多くなっていることだろうか。

「あ……。エレノーア様！　大丈夫でしたか？」

「えぇ、私はなんともありませんが……。何かあったのですか？　皆さんの様子がおかしいようですが……」

近付いてきたクラスメイトに尋ねると、少し後悔したような表情を見せた。

その後悔がどこからくるものかはわからない。かと思えば、ほかの友人は怒りをあらわにする。

「本当に信じられません！　エレノーア様がユリア・フレイシア伯爵令嬢を虐《いじ》めた、などという噂があるのです！」

「エレノーア様がそのようなことをするはずありませんのに……。きっと、あの方が勝手に言っているに違いありませんわ」

「本当に最低な方。虐《いじ》めたなんて言う前にまずは自分の行動を見直すべきよ」

彼女たちの言葉から私を信じてくれているとよく伝わってきた。だからこその怒りなのだろう。

それは嬉しいが、さすがに皆でユリア様のことを悪く言うことは許せなかった。確かに行動は酷い。だが、だからといって本人に直接注意するのでもなく、陰で言うのは良くないことだ。

「信じてくださりありがとうございます。ですが、私が彼女のことを虐《いじ》めたのだと思われてしまったのなら、それは私の言動が悪かったのでしょう。今思えば、少々キツく言いすぎてしまったかもしれません」

パーティーの一件であれば、余計なことを口走ってしまったのもその噂が出回った理由の一つかもしれない。もしくは、彼女を放置し退出したからか。

「ですが、エレノーア様はあの方に対して正しいことを仰っています。学園であの方とお話しする時はいつも注意しているだけではありませんか！」

ユリア様とお話しすることはあまりないが、それでもゼロというわけではなかった。

ただし、ユリア様から話しかけてくることがほとんどで、私から話しかける時は注意する時くらいだったけれど……

「私のために怒ってくださり、ありがとうございます。さぁ、もうすぐ授業も始まりますし、この話は終わりにしましょう？」

私がそう口にすると、周りにいた人は不満げではあったものの渋々頷いた。

そこまで私のことを想ってくれていたことに嬉しく思いつつ、危ういとも思う。

「……エレノーア様がそう仰るのでしたら」

「そう、ですね」

このままではユリア様に手を出しはじめる人が出てくるかもしれない。そう思うとやはり行動せざるをえないだろう。

そう思いつつも私は特に対処することもできず、私はいつも通りの日常を送っていた。

幸い、友人たちはその噂について信じている様子でもないし、ここで私が噂を消すために動いてしまえば肯定しているようなものだ。ここで私がとれる手段がなかったともいえる。

「ノア、聞いたわよあの噂。本当最低ね。信じる方も信じる方だと思うけれど」

怒りをあらわにするフィアの姿に嬉しくも意外に思う。フィアはいつもハッキリと口に出すが悪感情を前面に出すということは数回しか見たことがない。それだけ、私のために怒ってくれているのだろう。

「ありがとう、信じてくれて。でも仕方ないわ。こうなってしまった原因は私にもあるもの。でもそうね、ユリア様にはしばらく近付かないようにしておきましょうか」

「そうね、それが一番だと思うわ」

フィアは少し落ち着いたのか、ため息をつきどこか疲れた様子で口にした。

となると、何かを考え込んでいるのか俯いて黙り込んでいるミアのことが気になりはじめる。何か知っているであろうフィアに視線で尋ねると首を横に振られてしまう。

お手上げということなのか、何も知らないということなのか。どちらにせよ、フィアは手出しするつもりはないようだった。

「ミア、どうかしたの？」

私が声をかけると、ミアはハッとしたように顔をこちらに向けた。

「あ、いえっ！　あの人がこんな噂を短期間に流せるようにはとても思えなくて……。ですが、このような噂を流せる人は生徒しかいませんし、一体誰がなんのために流したのかと思って」

ミアの言う通りだ。一番この噂を流して得をするのはユリア様だろう。

だがあの方が自らこのような噂を流す人だとは思えなかった。人となりもそうだが、噂をこれほどまでに広げられる人脈が彼女にはない。

となると、彼女ではない誰かがこの噂の背後にいることになる。

「ごめんなさい！　今のは忘れてください！」

急に黙り込み考えはじめた私の様子に何を思ったのかミアが謝罪した。

何に対する謝罪なのか。ミアが謝ることはないというのに。

「謝るのは私の方よ。少し考え込んでしまって……。ごめんなさい。せっかく二人と一緒にいるのだもの。こんな話はやめにしましょう？」

二人といる時間は貴重だ。だからこそ、このような話で時間を無駄にはしたくなかった。

気にしてくれることは嬉しいが、二人を煩わせるような話でもない。時間が過ぎるのを待つしかできないのだから。

とはいえ、この噂が終息するのはいつになるかわかったものではない。私は重くため息をつき、二人と共にその場を立ち去った。

それから一か月も経たずに私がユリア様を虐《いじ》めたという噂は消えた。ただし、ルイス様が学園から姿を消した。私の噂が終息に向かいはじめた時期とルイス様が学園へ来なくなったのは同時期のことだった。

つまりはルイス様が事態の収束に動いてくださったということだろう。それと引き換えに何があったのかはわからないが、また私がルイス様に助けられたということだけは確かだった。

「エレノーアお嬢様、学園で何かございましたか。ま、まさかまたアースフィルド公爵家のご子息に何かされたのですか！　だとすれば今度こそ……」

ルイス様のことを考えていると、あまりにも暗い表情をしていたのかサーニャが心配そうに声をかけてくる。

なぜサーニャが誰にも言っていなかったはずのレイスト様とのことを知っているのだろう。とはいえ、いつも通りの彼女に私は苦笑をもらす。

「サーニャ、それはレイスト様に失礼よ。レイスト様には何もされていないわ。むしろ助けていただいたくらいよ」

「エレノーアお嬢様がそう仰るのでしたらそうなのでしょうけれど、信用できません！　あの男は一度エレノーアお嬢様を……！」

サーニャの瞳の奥に怒りの炎が揺らいでいた。

それほど大事にしてくれているのは嬉しいが、大事にされすぎている気がしないでもない。

「あの男の件は置いておくとして、エレノーアお嬢様。あの男が原因ではないと仰るのならどうされたんですか？　も、もしやバートン伯爵家のご子息が!?　……うーん、もうちょっと情報を集めないといけませんかね？　あの方がお嬢様を害するとは思えなかったのですけど」

最後の方は聞き取れなかったものの、相変わらずサーニャに隠し事はできないのだと思わされる。私がわかりやすいだけなのかもしれないが。

「ええ、少しね。ルイス様に何かされたわけではないのよ？　ただ、色々考えてしまって」

「……私は、何があったのか知りませんからあまり強くは言えません。ですが、これだけは言えます！　お嬢様はもっと我儘になっていいと思います。お好きなように、お嬢様の望むままに行動してください」

サーニャが私の心の内を見透かしたようなことを口にする。私の迷いを晴らすかのように、後押ししてくれる。

「エルスメア公爵家に仕える使用人は皆、エレノーアお嬢様の味方です。お嬢様が望む限り、私たちはお嬢様についていきますし、お嬢様の望みを叶えるために動きます！　それが私たちの望みでもあるんです。ですから、お嬢様は好きなように行動してください。私たちは全力でサポートするだけですから！」

サーニャからの信頼が重い。だが不思議と息苦しさを感じることもなく、むしろ嬉しさと誇らしさが湧いてくる。

「サーニャ、帰ったら旅の支度をお願いできるかしら？　明日の朝、屋敷を出てバートン伯爵領へと向かうわ」

「承知いたしました！　お屋敷に到着次第、すぐに準備いたしますね！」

笑顔でサーニャが頷くと、私は視線を外へと向ける。

バートン伯爵領への道のりはそう険しくもない。

だが、私にとっては初めての地だ。

ルイス様に会いに行く、ということもあり緊張が高まっていく。

「お嬢様でしたらきっと大丈夫です！　私たちも応援していますから」

サーニャの笑顔に絆《ほだ》されるように、その緊張が少し和らいでいくのを感じながら私も笑みを返した。

第六章　バートン伯爵領へ

「ノア、どこへ行くのかしら。学園へ行くにしては少し早すぎない？」

　バートン伯爵領へと向かおうと、早朝屋敷を出ようとするとお母様に声をかけられた。

「冗談よ。ルイス君のところに行くのでしょう？　気を付けて行ってらっしゃい」

　全てお母様にはお見通しだったようだ。きっと、今回の件についても全て知っていて送り出してくれるのだろう。

「ありがとうございます、お母様」

　私が笑みを浮かべお礼を口にすると、お母さまも同じように笑みを返す。

「サーニャ、ノアのことお願いするわね」

「はい、お任せください！　エレノーアお嬢様は私が守りますから！」

　相変わらずのサーニャに私は苦笑をもらすとそのまま馬車に乗り込んだ。

　いつの間にサーニャがついてくることになっていたのかわからないが、危険もないだろうし問題はないだろう。同行者として認めたのは、私としても彼女がついてきてくれるのは心強かったからだ。

馬車に乗り込み、公爵家の屋敷を離れると頭の中には様々な疑問が浮かび上がってくる。

なぜ、ルイス様はそこまで私を助けてくださるのか。一体何があったのか。

なぜ、ルイス様は学園へ来なくなってしまったのか。

そして、ユリア様と私の噂を流したのは一体誰なのか。その人物について、ルイス様はどれだけ知っているのか。

何より、私はバートン伯爵領へ行ってルイス様に会ったとして、どうしたいのだろうか。

「お嬢様が学業より優先されるだなんて珍しいですよね」

「そんなことないと思うけれど……」

「そんなことあります！　お嬢様は昔から勉強ばかりじゃないですか。私が休んでくださいと言っても、趣味の範囲だからと言って本を読んでいましたし」

身に覚えのあるエピソードに私は何も言えずにただ苦笑を返す。数年前までよくサーニャに叱られていたことだったから。

「でも、良かったです。学園に通うようになって、ご友人と過ごされることが増えましたね。以前のお嬢様であれば、学園を休んでご友人の領地へ行くだなんてありえなかったと思いますし」

「そう、かしら？」

学園へ通うようになり、私は変わったのだろうか。

だが、変わったというのならばそれはミアやフィア、何よりルイス様のおかげだろう。

「はい、お嬢様はずいぶんと変わられました。なので、もう一度だけ言わせてください。以前も言いましたが、エレノーアお嬢様はもっと自由にされて良いのですよ？　私たちはエレノーアお嬢様のことをお慕いしております。お嬢様の力になりたいのです。ですからもっと、自信を持ってください」

なぜそこまで支えてくれるのか、そう思わないこともない。

だがそれよりも自由にという言葉が嬉しく、心が軽くなった。そんな、優しく背中を押してくれるようなサーニャの言葉に私はそっと笑みを返した。

バートン伯爵領はとても美しいところだった。自然が豊かで静かで、王都のように華やかというわけではないにせよ領地は賑わいを見せている。

ルイス様のあの静かで落ち着いた雰囲気はきっと土地柄なのだろうと思えるような、そんな穏やかな領地だ。

「早速で悪いのだけれど、バートン伯爵家に……」

「その必要はございません」

バートン伯爵領に着いて早速、連絡に行かせようとすると、誰かの声でストップがかかった。

その声の方を向くと、燕尾服に身を包んだ執事だろう青年が立っていた。

だが、どこか違和感があるのはその佇まいが執事というよりは貴族のような、貴品と威厳ある立ち振る舞いだからだろうか。

「私はバートン伯爵家に仕えております、ルハンと申します。エルスメア公爵家のご令嬢ともあろうお方がどのようなご用件でしょうか？」

一応笑みを浮かべているが、その瞳には警戒の色が窺える。

お母様が手紙を出してくださったとはいえ、いきなり公爵家の令嬢が訪ねてくればこのような反応にもなるだろう。

「エレノーア・エルスメアと申します。突然のご訪問で申し訳ございません。ルイス・バートン様にお会いしに参りました」

「ルイス様に一体どのようなご用件でしょうか？　ご用件次第ではお帰りいただきますが」

「友人に会うのに理由なんていりまして？」

私がそう微笑むと、彼は少しだけ警戒を緩めたようだった。

「兄上、これで何度目だと思っている！　そんな恰好で外に出るなと、言ったはずだろう！」

兄上と、彼を呼ぶその声は聞き覚えのある声で、聞いたことのない調子だった。

冷たい声に表情、口調すらも私の知る彼とは遠くかけ離れていた。

よく似た別人ではないかと疑いたくなるほどに。

「はは、ルイスが来てしまったならば仕方ないな。改めて、ルハン・バートンと申します。先ほどは申し訳ありませんでした、エルスメア公爵令嬢」

やはり、というべきなのだろうか、彼は執事ではなく、ルイス様のお兄様だった。

だがそれ以上に、兄と呼んだ彼がルイス様であることに驚きを隠せなかった。

「エレノーア……？　なぜ、エレノーアがここに？　学園はどうしたのですか。まさか、あの噂のせいで？」

私に気付くと、ルイス様は一変した。

先ほどルハン様に向けていたものとは全く違う。いつもの私の知るルイス様だ。優しく穏やかな声、心配の色を映すその瞳も、私の知っている彼だ。

「それは、私のセリフです。なぜ、学園へ来られなくなったのですか。なぜ、何も教えてはくださらないのですか。……なぜ、そこまで私を助けてくださるのですか」

ルイス様は私の質問に困ったように微笑むだけで答えるつもりはないようだった。

「ルイス、私は先に屋敷へ戻るからゆっくりしてくるといい」

ルハン様が離れると、ルイス様がため息をつき、私に手を差し出した。

「エレノーア、お茶でもしながら話しませんか」

その言葉に私は頷き、差し出された手を取った。

近くの離れらしき建物へ入ると奥の個室へと案内される。

「ルイス様、噂について否定していただきありがとうございました」

お礼を告げると、ルイス様は苦い表情を浮かべた。

「私はただ否定しただけで、お礼を言われるようなことは何も」

本当にそれだけなのだとしたら、ルイス様はなぜ学園を去ったのか。

「そんなことよりも、なぜあなたがこのような場所にいるのです。学園は……」

「お休みいたしました。学園よりも優先すべきことがありましたから」

言葉を遮って笑顔で答えると、ルイス様は表情を歪めた。

「学園を休んでは文官試験に支障をきたしますよ。まぁ、エレノーアであれば多少は問題ないでしょうが」

「それは、ルイス様にも言えることではありませんか」

文官試験に支障をきたすというのなら、ルイス様だってそうだ。

なぜ、学園からいなくなったのか。その原因となる人物に心当たりがないわけではなかった。

前世において、ユリア様を養女として受け入れた侯爵家。そして、私を悪としユリア様を善とした侯爵家の令嬢。思えば、私の冤罪をでっち上げたのも彼女だった。もし、今回も彼女が動いていたのだとすれば……だが、本当に彼女だとすれば、なぜこのような行動をとるのかが理解できなかった。私は彼女に何もしていないはずだから。

「カナリア・アルシュンテ侯爵令嬢、彼女が原因でしょうか」

私がその人物の名を口にすると、ルイス様が息を呑んだ。

そして、一瞬表情が抜け落ちたかと思えば、作り物の笑みを浮かべた。

「エレノーア、あなたが気にすることは何もありません。全て私の問題ですから」

突き放すように放たれた言葉に、私は表情を歪める。

なぜ、何も話してはくれないのだろう。

私は、守られているだけではいたくはない。ルイス様が私の代わりに傷つくのは嫌だ。

「大切な友人のことです。それに、彼女が関わっているのなら私にも関係があるはずです。それとも、私では話すに値しませんか？」

どうか、全て教えてほしい。

それが、ルイス様の問題であったとしても私を巻き込んでほしい。

ルイス様が私を助けたように、私もルイス様を助けたい。

そう思うことはいけないのだろうか。

「なんと言われようとエレノーア、あなたに話すことはありませんよ。ただ、そうですね、一つだけ。カナリア・アルシュンテ、彼女には近付かないことをおすすめします、とだけ」

話してほしかった。巻き込んでほしかった。何も知らずに守られるなど、嫌だった。

だが、ルイス様は何度聞いても答えてはくれないのだろう。

「決して、彼女と二人にはならないでください。あれは、何をするかわからない」

ルイス様が苦々しい表情で口にする。ルイス様が私を守ろうとしているのは理解している。

だが、それでも。

「忠告、ありがとうございます。ですが、ルイス様から納得のいく説明をしていただくまで帰るつもりはありませんから、問題ありません」

ルイス様から話を聞くまで私は学園を休もう。とはいえ、すぐに長期休暇だ。問題はない。

だがルイス様はきっと気にするのだろう。それを知っている。だからこその根比べといこうではないか。そんな意味を込め、私は笑みを浮かべ、そう口にした。


結局、ルイス様から話を聞くことができないまま、バートン伯爵家へと移動し用意された客室へ案内される。シンプルながらも過ごしやすいように考えられているのであろう上質な客室に、若干の申し訳なさを感じる。

「エレノーアお嬢様、ルイス・バートン様とのお茶はいかがでしたか？　お聞きしたいことはちゃんと聞けましたか？」

先にバートン伯爵家へと来ていたサーニャからルイス様とのお話について質問される。

私が我儘を言ってまで押しかけるようなことは今までなかった。だからこそ心配をかけているという自覚もあった。

「残念ながら、お話しいただけなかったわ。私に話すことは何もないと。でも、もう少し粘ってみるつもり。だから、サーニャには悪いのだけれど、もう少しだけ付き合ってくれる？」

「はい、もちろんです！　私はエレノーアお嬢様にお仕えできるだけで満足ですから気にしないでください！　ですから、エレノーアお嬢様はお嬢様のお好きなようになさってください」

眩しいほどの笑顔を向け、背中を押してくれるサーニャに感謝しつつ、私はルイス様のことを考える。カナリア・アルシュンテ侯爵令嬢、彼女が関わっていることは間違いないだろう。

だが、それだけでルイス様が学園を去り、あのような忠告までしてくるとはとても思えない。となれば、きっと彼女はほかにも何かしたはずだ。問題はそれが何か、ということだが。

せめて、彼女の目的がわかりさえすれば。などと思考にふけっていると扉がノックされた。

「どうぞ」

「失礼させていただきます、エルスメア公爵令嬢」

私を訪ねてきたのはルイス様の兄君であるルハン・バートン様だった。

「先ほどは、お見苦しいところを……大変失礼いたしました。そして突然の訪問を受け入れてくださりありがとうございます。どうか、私のことはエレノーアと」

「では、エレノーア嬢とお呼びいたします。私のことはルハンと」

互いに、最初にお会いした時に交わせなかった挨拶をするとルハン様は本題へと入った。

「さて、エレノーア嬢。あなたがこちらへいらっしゃったのはルイスの件でお間違いないでしょうか」

「ええ。学園であったこと、私のためにルイス様が何をされ、何を犠牲にされたのか。それをお聞きするために、お伺いいたしました」

この問いを投げたのがほかの者であれば多少は隠しただろう。

だが、この方はルイス様のご兄弟であり、私の疑問に対する答えを知っているかもしれない人だ。

「そうですか。……では、ルイスについて少々話しましょうか。もちろん、エレノーア嬢の問いに対する答えについては私からは何もお話しいたしませんが」

そんな魅力的なお誘いに、自然と笑みを浮かべ頷いた。

「エレノーア嬢、あなたはルイスについてどれだけ知っていますか。なぜ、ルイスが文官を目指しているのか、その理由についてはご存じでしょうか」

私はその問いに答えられなかった。その答えを、私は知らない。

私が文官を目指す理由を話したことはあっても、ルイス様から聞いたことはなかった。

「あのルイスが、誰かに話すようなことはしないとわかっています。特に、エレノーア嬢に対しては決して自ら話しはしないでしょう」

淡々とした口調で、顔を俯かせるルハン様は感情を読み取らせない。

「あなたは、この領地を見てどう思いましたか」

「とても、静かで落ち着いた美しい領地だと」

正直に感じたことを答えると、ルハン様は悲しげな笑みを浮かべた。

その表情の意味がわからず、私は内心首を傾げた。

「この領地をここまでにしたのはルイスのおかげです。数年前までこの地は作物も育ちにくく、領民に食べ物が行きわたらないことも多かった。今でこそここまで豊かになりましたが、少し前まではそんな土地だったのです」

とてもやせ細っていた土地とは思えぬほどに豊かに見える。それをルイス様がやってのけたというのだから驚きしかない。

「ルイスは、他国の知識をどこからか得てそれを広めたのです。たった六歳のルイスが、どこからその知識を得たのか。本人は本を読んだと言い張っていましたが、この屋敷にそのような知識が載っている本などなかった。何より驚いたのは、まるで未来を知っているかのように、ルイスが行動することです」

未来を、知っているかのように。

その言葉にドキッとする。まさか、と。

そんなはずがないと理解していながらも思ってしまう。『ルイス様は、私と同じように転生したのでは』と。

過去の私を知られていることは怖い。

だがそれ以上に期待してしまう。私と同じであることを。

「この地の領主になるのはルイスだと私を含め皆、思っていました。ですが、ルイスは文官となり支えたい人がいると言うのです。王宮でその人を守るために文官になりたい、武力で守るのは無理だとしても、せめて傍で心を守れるようになりたいのだと」

ルイス様がそこまで大切に思う方は、やはり殿下なのだろうか。それともまた別の方なのだろうか。だが、羨ましいと思う。ルイス様にそこまで想われている方が、羨ましいと。

そこでふと思う。なぜ、私は羨ましいと思ったのだろうか。それでは、私がまるで……

「……残念ながら、話はここまでのようです。あとは本人から聞くといい」

ルハン様はそう言って席を立つと扉ではなく窓の方へと歩いていく。

「では、私はこれで失礼します」

ルイス様と似た笑みを浮かべたルハン様はそのまま窓から身を乗り出し、飛び降りた。

それと同時に勢いよく扉が開きルイス様が入ってくる。

そして揺らいでいるカーテンを見て察したのか、ため息をつき窓から顔を出し下にいるルハン様に呼びかけた。

「兄上！　窓から出るなと何度言ったらわかる！　逃げていないで仕事をしろ！」

「せっかくのルイスの客人を退屈させるわけにはいかないだろ？」

「エレノーアを言い訳にするな！」

私へ向ける丁寧な言葉とは全く違う。これがきっとルイス様の本来の言葉使いなのだろう。そう思うと、少しだけ羨ましい。

「ルイス、客人の前でそう騒ぎ立てるものでもない」

「誰のせいだと……！　はぁ……。突然、申し訳ありませんエレノーア」

ルイス様はルハン様のことは諦めたのか申し訳なさそうに私に向き直った。

ルハン様が窓から消え、サーニャを含む使用人も部屋にはいない。ルイス様と二人きりだ。

そんな中、私はルイス様に聞きたいことが多くあった。

私と同じように、転生したのか。ルイス様が守りたいと願う方は誰なのか。

だが、口から出た問いはそのどちらでもなかった。

「ルイス様は、なぜ私とほかの方に対する接し方が違うのですか」

私の問いに、ルイス様は目を彷徨《さまよ》わせた。

答えるつもりのないようなルイス様に私が引き下がることにした。

「困らせてしまったのなら申し訳ありません。ただ、少し羨ましく感じただけですから」

「羨ましい、ですか？」

私が引き下がると、ルイス様は戸惑った様子で聞き返してきた。

「はい。それだけルイス様から信用されているのだと思いますから」

少しの間無言の時が続き、最後にルイス様は長いため息をついた。

「……俺の負けだ。これでいいだろうか、エレノーア」

優しく微笑み砕けた口調へと変えたルイス様に、私も笑みを浮かべた。するとなぜかルイス様は顔を背けた。

何か失礼なことでもしたかと不安になるが、押しかけてきてしまった時点でかなりの失礼だろう。

「兄上とは、なにを？」

「ルイス様のお話を聞かせていただきました。とても良いお兄様なのですね」

誇らしげにルイス様のことを語っていたルハン様は、ルイス様にとって良い兄なのだろう。それだけ大切にされているということなのだろうから。

「兄が、申し訳ありません……」

羞恥からなのか、顔がほんのりと赤く染まっていた。そして口調も元に戻ってしまっている。

「支えたい方がいるから文官になりたいのだと伺いました。ルイス様にそのように想われる方だなんて素晴らしい方なのですね」

私の言葉にルイス様は目を細め、優し気に微笑んだ。

ルイス様にそのような表情をさせるような方が誰なのか気にならないはずがない。だが、なぜだろう。聞く気にはなれなかった。

「……あぁ。この命が尽きるまで、傍で支えられたら、この手で守れるのならばどれほど……。いや、なんでもない。今の話は忘れてくれ」

ルイス様の表情に一瞬陰りが見えたような気がしたのは気のせいなのだろうか。

「俺からも、一ついいだろうか。……エレノーアは、殿下のことをどう思っている。殿下の婚約者に一番近いのはエレノーアだ。だが、文官になればそれも不可能だろう。殿下を結婚相手にと思うことはないのだろうか」

やはり、ルイス様の守りたい方、というのはレオン様なのだろうか。

だからこそ、レオン様の婚約者候補である私に優しくしてくれるのだろうか。そんなことを頭の隅で考えながら私はその問いに答えた。

「えぇ、思いません。レオン様は私にとって、大切な一人の友人ですから。誰になんと言われようと私がレオン様と結婚することはありません」

昔の私であればそれを望んだだろう。だがレオン様への恋心はない。あの時願ったように、私はレオン様の友人としてあの方を応援しようとそう思える。

友人として、そして文官としてレオン様を支えようと。だからこそレオン様との婚約を私は望まない。

「そう、か。だが、エルスメア公爵家の令嬢が婚約者を決めないというのは問題だろう。殿下の婚約者も決定されていない状態だ。決めない限り、殿下の婚約者候補と見られる。そうなればエレノーアを害そうとする者も出てくる」

「心配してくださるのですね」

「……当たり前だろう」

ルイス様は本当に優しい方だ。私の夢を応援し、心配してくれる。

婚約者を決めなければならないことは私もよく理解しているつもりだ。

だがそれでも決められないのは……

「ありがとうございます」

私はルイス様に向かって微笑んだ。


夕食を一緒にいただいた後、私は部屋でルイス様の大切な方について考えていた。ルイス様があれほどまでに慕う方は誰なのだろう。

やはり、レオン様なのだろうか。だが、そうだとして守れるのなら、と口にするだろうか。

「……そんな、表情ではなかったもの」

あれは、レオン様に向けるような表情ではなかった。

あの時のルイス様の表情は、まるで愛しい人にでも向けるような甘く優しい笑みだった。

だとするのなら、相手はリリーシア様なのだろうか。

「そのような方がいるのなら、私を助けてはダメでしょう」

そこまで文官になりたいのなら、その方を守り支えたいというのなら、ルイス様は私を助けるべきではなかった。羨ましい。それほどまでにルイス様に想われているその方が。

……もう、気付いている。

私は、ルイス様が好きだ。

私の夢のために、自身を差し出してしまうほど優しいルイス様。

ずっと、私を助け、支えてくれたルイス様が好きだ。今も昔も変わらず私を信じてくれた人。私の知らない一面がルイス様にはあるのだと気付いている。

だがそれでも、ルイス様のことが……

「……馬鹿ね、私」

ルイス様には、心から想う方がいるというのに。

なぜ、気付いてしまったのだろう。これならば、気付かずにいた方が良かった。

なぜ、ルイス様はあれほどまでに私に優しいのだろう。そうでなければ、私はルイス様に恋心など抱かずに済んだかもしれない。

何より苦しいのは、ルイス様の夢を私が奪ってしまったかもしれないことだった。よほどの理由でない限り、休学という経歴は文官となるうえで大きな壁となるだろう。

「ごめんなさい、ごめん、なさい……！」

気付けば涙が溢れ出ていた。私のせいで、ルイス様の夢を。そう考えるだけで胸が張り裂けそうになる。

だがもし文官になることが叶えば、それはルイス様の慕う方が傍にいるということでもある。私はそれに耐えられるのだろうか。

先ほどのような、甘く優しい瞳を、表情を向けるルイス様を見ていられるのだろうか。そう考えてしまう自分が嫌だった。ルイス様に合わせる顔がない。

そう思うのに、ルイス様に会いたいと思ってしまう。その矛盾が酷く気持ち悪い。

「わかっているのに……！」

助けられて、守られてばかりで何一つとして返せていない。今回だってただ守られて、その結果ルイス様の夢を奪ってしまった。

私は、ルイス様の傍にいてはいけない。貰ってばかりの私がルイス様の友人でいることすら、いけないのだ。真にルイス様のことを思うのならば、私はルイス様から離れるべきだ。だがそれでも。

私はルイス様の傍にいたいのだと願ってしまう。

せめて、もう少し。もう少しだけ、一人の友人としてルイス様の傍にいよう。

そんなことを思いながら、私は眠りについた。


朝、目が覚めると自分の部屋ではないことに驚き、そして思い出す。私は今、バートン伯爵領にいるのだということを。

「おはようございます、お嬢様！　朝食ですが、ルハン・バートン様からよろしければご一緒に、とのことですがどうなさいますか？」

きっと、ルイス様も一緒なのだろう。そう思うと、迷う気持ちもある。

「ぜひに、と」

「わかりました！　そのようにお伝えしておきますね」

サーニャが退出すると、ため息をつく。昨日から、ルイス様のことばかり考えている気がする。

先ほどだって、ルイス様も一緒だろうと迷っていたのに、ルハン様やバートン家の使用人たちの前で見せるルイス様の素を見てみたくて、朝食を共にとることに決めた。

何を考えているのだろうか、私は。そんなことを考えながら、着替えを済ませ、下へ降りると、ルハン様とルイス様に加え、お二人のご両親もいた。

「あなたが、エレノーアさんね。初めまして、シャーロットと呼んでくださる？　ルイスのことだから、きっと冷たい対応ばかりでしょう？　だから、あなたのようなお友達がいてくれるのなら良かったわ」

「母上！　俺は……！」

「ルイス様はとても優しくしてくださって……。頼ってばかりで申し訳ないくらいです」

シャーロット様は私の言葉に驚いたように、ルイス様を見る。

そしてそれは、ルイス様のお父様も同じだった。ルハン様だけが下を向いて笑っていた。

「ルイス、お前……。他人に優しくできたのか……？」

「父上は俺をなんだと思っている！」

声を荒らげるルイス様が珍しく、思わず笑みが零れる。

きっとこれがルイス様の素なのだろう。そう思うと、その一面を知れたことがとても嬉しい。

「エレノーアさん、良ければ二人でお茶でもどうかしら？　ルイスの学園での様子を聞かせてもらえると嬉しいわ。代わりにルイスの小さい頃の話とか興味ないかしら？」

とても魅力的なお誘いに、了承の意を返そうとするがルイス様に先を越されてしまった。

「エレノーアは、俺と先約があるんだ」

そのような約束など憶えはなかった。だが、それを言うわけにもいかず笑みを浮かべていると、シャーロット様は残念そうに引き下がった。

「あら、そうなの？　それなら、仕方ないわね。エレノーアさん、お茶はまたの機会にしましょう」

「はい、その時はぜひ、幼い頃のルイス様のお話を聞かせてください」

「えぇ、もちろんよ」

そのような約束をシャーロット様とすると、苦い顔をしているルイス様が目に入る。

若干申し訳なくも思うが、それよりも興味の方が勝ってしまった結果だ。

新たな楽しみに先ほどのルイス様の言葉はすっかり忘れていた。朝食を終え、部屋へと戻ろうとするとルイス様に声をかけられる。

「先ほどはすまなかった。騒がしかっただろう。それに、先約があるとも言ってしまった」

ルイス様が謝罪の言葉を口にする。確かに、公爵家ではもっと静かな食事だ。

だが、バートン伯爵家の方々の温かさがよくわかる時間だった。先約云々《うんぬん》に関しても、少々驚きはしたがそれだけだ。

「いいえ、とても楽しい時間でしたから。少々驚きはしましたけれど、謝罪されるようなことは何も」

何よりシャーロット様もルハン様も、皆がルイス様をとても大切に想っているのだとわかる。それと同じく、ルイス様も皆のことを大切に想っているのだろう、そう思えた。

「エレノーア、良ければ俺に領地を案内させてくれないか。母上には先約があると言ってしまったから」

「はい、ぜひ」

ルイス様の言葉に驚くと同時に浮足立つ。表情が緩みそうになるのを抑えながら私は言葉を返す。私の言葉にどこかホッとした様子を見せたかと思えば、ルイス様は少し困ったように眉根を寄せ、申し訳なさそうに口を開いた。

「何もない領地だから面白いものはないだろうが……」

「何もないだなんて、そんな。とても美しい土地ではありませんか」

それに、ルイス様の育った土地だ。気にならないわけがない。この領地に住む人々からルイス様の幼少期の頃のお話を聞かせてもらえないか、という期待もあるが。

「ではルイス様、また後ほど。楽しみにしておりますね」

ルイス様と別れ、部屋へと戻るとサーニャにも手伝ってもらいながら外出の支度を始める。正直学園を休んでこのようなことをしていてもいいのか、と思わなくもない。

とはいえ、まだ目的を果たしていないのだから仕方ない。ルイス様から納得のいく回答をもらうまでは帰るつもりはないのだから。

幸いというべきか、学園はもうすぐ長期休みだ。文官試験にそこまでの影響はないだろう。それよりも問題なのは……

「もう、また難しいお顔をなされて。ご友人の領地にいらしたというのに……」

サーニャの呆れた声で現実に引き戻される。

「あら、そんな顔してたかしら？」

「してました！　……エレノーアお嬢様、私に何かできることはありますか？　お嬢様を悩ませるものも、お嬢様を害するものも全て私が消し去ります」

サーニャが冷たい声で問いかけてくる。

とても冗談を言っているようには思えず、たじろいでしまう。

「心配させてごめんなさい。でも、大丈夫よ」

「それならよろしいのですが……。何かあれば、言ってくださいね？　私は、お嬢様のためならなんでもできるんですから」

その言葉に私は苦笑を返した。

下へ降りると片手にバスケットを持ったルイス様が待っていた。

「お待たせしてしまい、申し訳ありません」

「俺も今降りてきたばかりだから気にしないでほしい。エレノーア、今日は俺にあなたのエスコートをさせてほしい」

ルイス様がそう言って私に手を差し出してくる。

私がその手を取るとルイス様はさらに笑みを深めた。

ルイス様にエスコートされながら領内を歩き、ルイス様のお気に入りの場所だという丘に着く。

そして、持っていたバスケットの中から敷物を出すと、そこに広げ腰をかけた。

「エレノーアは、帰るつもりはないのか？」

その言葉に私は笑顔で昨日固めた決意を口にする。

「ルイス様から納得のいく説明をしていただくまで帰るつもりはありません、と言ったはずです。私は文官試験に影響が出ようと、ルイス様からお話を伺うまで帰りません。ですが、無理に伺うつもりもありません。ですから、ルイス様が話したくなった時に聞かせてください」

笑顔で告げるとルイス様は非常に苦々しい表情を浮かべた。

「……それは、脅迫か」

「まさかそんな。私がルイス様を脅迫するだなんてありえません。ただ、決意を申し上げただけですもの」

私の言葉にルイス様は頭を押さえた。そして重いため息をつく。

「エレノーアには、関係のないことだ」

「あのような忠告をして、私が関係ないはずがないでしょう」

「……エレノーアは知らなくていいことだ」

「私が関わっているのなら、知らなくてはいけません」

「……エレノーアを、守らせてほしい」

「ただ守られているだけなどお断りです」

私が言葉を重ねるごとにルイス様の表情が曇っていく。

それでも、私は譲るつもりはなかった。ここで譲ってしまえばきっと、守られているだけになってしまう。私はそれがどうしても嫌だった。

「どうしても、か？」

「今、この場で話していただこうとは思っていません。ですが、いつかは話していただきたいとは思います」

ルイス様は考えるように目を閉じた。そしてしばらくして諦めたように息を吐いた。

「……わかった。エレノーアが望むなら話そう」

そう言って、ルイス様は話しはじめた。

◇◆◇

「……話がしたい」

俺は、カナリア・アルシュンテ侯爵令嬢と対峙していた。

それは、単にエレノーアのためだ。エレノーアの夢のため、それを妨げるこの女を許すつもりはなかった。とはいえ、俺にできることは少ない。

「あら、有名なルイス・バートン伯爵子息が私になんの用かしら？　私にはくだらない用に割く時間はないの。だから……」

「エレノーアの噂について、と言えばわかるか？」

俺の言葉にカナリアは嫌な笑みを浮かべ、踵を返す。

「ついてきなさい」

これがエレノーアであれば、喜んでついていったものを。この女が相手では気が重い。だが、この女には聞かなければいけないことがある。そんなことを考えながらカナリアのあとをついていくと、辿りついたのは学園内に用意されている茶会用の小さな部屋だった。

「それで、なにかしら？　公爵令嬢が伯爵令嬢を虐《いじ》めているって話だったかしら？　公爵令嬢ともあろう人が、酷いことをするものね」

そんな挑発に、俺は内心怒り狂う。だが、それをこの女にぶつけるわけにはいかない。

そんなことをすれば、この女はますます嬉々としてエレノーアを悪とし広めるだろう。

俺が、エレノーアの枷となるなど耐えられない。

「俺は、そんな話をするためにお前に会いに来たわけじゃない」

俺の言葉にカナリアは顔を歪めた。不機嫌さを隠すつもりもないらしい。

「はっ、たかが伯爵家の次男が侯爵令嬢に向かってお前？　何様のつもりかしら」

「悪いが、エレノーアを害する奴に敬意を払うつもりはない」

「私への恩を忘れたの？」

俺にはカナリアに対し、大きな恩があった。

バートン伯爵領を豊かにしたのは、この女の力だ。未来を知っているかのように行動する、この女はなんの気まぐれか俺に接触し、この女からもたらされた知識によりバートン領は豊かになった。

それについて感謝はしている。

だが、それを知る俺だからこそ、カナリアという女を警戒している。この女の危険性については俺自身がよく知っているから。

「忘れるものか。だが、エレノーアを害するのならお前であろうと許すつもりはない」

「はっ、なあにそれ？　あの女の騎士にでもなったつもり？　馬鹿らしい」

俺を馬鹿にするようにカナリアが笑う。

だがそこには、エレノーアに対する嫌悪が込められていた。

それを見て確信する。この女がエレノーアを害したのだと。

「何も言わないのね。まぁいいわ。あなたの要望は？　聞くだけ聞いてあげるわ」

「エレノーアの噂を取り消せ。お前にならできるだろう。エレノーアの噂を広めたお前なら」

「えぇ、できるわよ？　でも、それを私がやる意味ってあるかしら？　ないわよねぇ。そういうことよ。話は終わり。じゃあ、もうこれで……」

「待て」

帰ろうとするカナリアを止めると、カナリアは嫌そうな顔で振り返る。

俺は、俺の望んだものを手放そう。それがエレノーアのためであるのなら。俺は、彼女のためならばなんでもできる。

「なあに？　もう話は終わったでしょう？」

「俺の存在が邪魔なんだろう」

ある程度の確信はあった。エレノーアに手を出した理由も俺が原因なのかもしれないと、そんな思いもあるほどには。

「……それで？」

「俺は学園を離れる」

「その代わり、噂を消せって言うのかしら？　えぇ、いいわ……」

「エレノーアを害することはするな」

俺の付け加えた要望に、カナリアの表情は険しくなる。

だが、それでもこの女はこの要望を通すだろう。それだけ、俺の存在が邪魔なはずだ。俺は、この女の計画を潰してきたのだから。

「……そうね、あの女が私の邪魔をしない限りはなにもしない。これが最大限の譲歩」

「……わかった。それでいい」

「そ。じゃあ、取引成立ね」

そして俺は、誰にも何も告げず学園を去った。

◇◆◇

ルイス様の話を全て聞き終えた後、私の中は怒りが渦巻いていた。

「なぜ、そのような取引などしたのですか！　私のことなど、放っておけば良かったのに……！」

「エレノーアならばそう言うとわかっていた」

「ならばなぜ！」

私のために、そんな取引などしてほしくはなかった。

「エレノーアが傷つくところを見たくはなかった。エレノーアの夢が妨げられることが嫌だった。そんな俺のエゴにすぎない。……だから、泣かないでくれエレノーア」

気付けば私は泣いていた。私のために自分を犠牲にしたルイス様を許せない。

だが、それ以上に。そうさせてしまった自分が許せなかった。何も知らず、ただ守られていた自分が許せなかった。

「私は、何も知らずに守られていた私自身が許せない……！　ルイス様が犠牲となるのなら、そんなもの要りません！」

ルイス様は持っていたハンカチで私の涙を拭きながら困ったように笑う。

そんなルイス様を見て、私は密かに決意する。ルイス様がしたという取引をなかったことにするために、私はカナリア・アルシュンテ侯爵令嬢と話す機会を設けようと。

「エレノーア、すまなかった。……今日は帰ろう」

その言葉に頷き、ルイス様と共に帰路につく。

だが、その間私とルイス様は言葉を交わすことはなかった。

伯爵家に用意された客室へ戻ると、サーニャが笑顔で出迎えてくれた。私の顔を見ると、すぐに表情を変えたが。

「お、お嬢様!?　ど、どうしたんですか！　ちょっと待っていてくださいね！　すぐに冷やすものをお持ちしますから！」

サーニャが慌ててハンカチを濡らして持ってきた。当然だが、何があったのかを詳しく聞かれた。

「カナリア・アルシュンテ侯爵令嬢、ですか。ふ、ふふっ、私の大切なお嬢様を傷つけるだなんて許せませんねぇ……」

サーニャが珍しく怒りのこもった笑みを浮かべて何やらぶつぶつとしゃべり出す。

「ねぇ、サーニャ。早急にカナリア・アルシュンテ侯爵令嬢に手紙を届けたいのだけれど。人選はサーニャに任せるわ。でも、そうね。できるだけ口の堅い人にしてもらえるかしら？」

「承知いたしました！」

サーニャが了承してくれたことにホッと息を吐く。

そしてすぐに手紙を書くとサーニャに預けた。多少、心配なところはあるがサーニャであればきっと大丈夫だろうという謎の安心感がある。

「じゃあ、私が責任をもってお届けしますね！」

その一言に私は固まった。サーニャが届けてくれるのならば、安心だ。だが……

「ダメよ、危険だもの。サーニャに何かあったら……」

「あはは、大丈夫ですよー。　諜報員の私にとって、その程度簡単なことですもん」

サーニャの言葉に耳を疑った。サーニャが、諜報員？　そんなこと、一度も聞いたことがない。

だが、それならば納得する部分もある。私が言った憶えのない出来事や、知らない出来事を知っていることも。レイスト様との間にあった一件も、私はなにも言っていないのに知られていたくらいだ。

「あれ？　言ってませんでしたっけ？」

「……少なくとも、私は今知ったわね」

「まぁ、そういうことなので！　私に任せてください」

笑顔で手紙を催促してくるサーニャに、私は苦笑をもらし手紙を渡す。

「……なら、サーニャに任せるわ。お願いね」

「はい！　お任せください！　ついでにお嬢様を傷つけたことを後悔させて……」

「何をするつもりかはわからないけれど、それだけはやめてちょうだい」

笑顔で何かしようとするサーニャに呆れつつ、しっかりと止めておく。そうでなければサーニャは何をするかわからない。

「むぅ、お嬢様がそう仰るのでしたら。残念ですが。非常に！　残念ですが！」

なぜか最後の方だけ強調するサーニャにはもはや苦笑するしかない。

私が止めなければ一体何をしようとしていたのか。

「それでは、行ってきます！」

「えぇ、お願いね」

サーニャが手紙を持って出ると、私は大きく息を吐く。

考えることは色々あるが、一番はやはりカナリア・アルシュンテ侯爵令嬢のことだろう。ルイス様があのような取引をしてまで私を彼女から離したかった理由。ルイス様が彼女に恩があると言っていたのも気になる。

だが、それ以上に。彼女には何か大きな秘密があるような気がしてならない。それを知らない限り、私はこの恐怖から逃れることはできないだろう。

「……それでも、私は彼女と話さなければいけないわ」

そして、その日はやってきた。サーニャに預けた手紙はきちんと彼女に渡ったようで、返事をもらった。そこに指定されていたのが今日、この場所だ。

バートン伯爵領からも近い場所にあるそこは、密会するにはちょうどいい場所だった。

「……まさか、エレノーア・エルスメア公爵令嬢からお誘いをいただけるだなんて思ってなかったわ」

「えぇ、私もまさかあなたとこうしてお会いするだなんて思いませんした」

カナリア・アルシュンテ侯爵令嬢の言葉に笑顔で返すと、彼女は眉を寄せそれを隠すようにお茶を口に運んだ。

「それで、今日はどのようなご用件で？　まさか、私とゆっくりお茶会を、だなんて仰るつもりではないのでしょう？」

落ち着いた様子で彼女は私に問いかけてくる。

「えぇ、もちろんです。単刀直入に申し上げます。ルイス様との取引をなかったことにしていただけませんか？」

私の言葉に彼女は、表情を消した。

彼女が何を考えているのかはわからないが、穏やかではないことは確かだろう。

「わからないわね。あなたには彼との取引を撤回させて、いいことなんてないはずだけれど？　まさか、彼が好きだから、なんて言わないでしょう？」

「それも理由の一つではあります」

「……は？」

ルイス様が好きだと肯定したはいいものの、少々恥ずかしくなる。そんなに私はわかりやすかっただろうかと考えてみるが、自分ではよくわからなかった。

「あぁ、いえ、もちろんルイス様が好きだということもありますが、私のせいでルイス様の夢に影響を及ぼすのは嫌ですから。そういうことですので、ルイス様と交わした取引はなかったことにしてくださいませんか」

「嫌よ」

答えは拒否だった。簡単にはいかないだろうとは思っていた。

だが、少しくらい迷うそぶりを見せてくれてもいいではないかと思わなくもない。

「理由を聞かせていただいても？」

「邪魔だから。それ以外に理由なんてあるかしら？　邪魔なのはあなたもだけど」

その言葉に考える。私と彼女に接点はなかったはずだ。彼女の邪魔をした憶えもない。

「私も聞きたかったのよね。なんで、あなたが嫌われていないの？　孤立していないの？　おかしいじゃない。あなたはレオン様やレイスト様から嫌われているはずでしょう？　なんで、レオン様があなたに近付くのよ。なんで、ミアリアやリーフィアがユリアじゃなくてあなたの友人になっているの？」

彼女の言葉に、私は血の気が引いていくのを感じる。

だって、それは彼女が知らないはずのことだ。私が周囲から嫌われ孤立していたのも、ミアとフィアがユリア様の友人であったことも。全て。全て、前世での出来事で……

「……あぁ、そう。やっぱりバグはあなただったのね」

私の様子に、彼女は不機嫌そうに言ってのけた。

それは、どういう意味なのだろうか。それを聞こうとしても言葉が出なかった。

「おかしいと思ったのよ。ミアとリーフィアがあなたと友人なのも、レオン様がユリアに惹かれないのも。あなたがバグだっていうなら納得だわ。悪役のあなたがユリアからヒロインの位置を奪い取ったのね。そのせいでめちゃくちゃになっていたの」

「な、にを……」

晴れやかな笑みで意味のわからないことを口にする彼女に、私は恐れを抱いた。その意味を、理解したくもなかった。悪役という言葉も、ヒロインという言葉も。

「ユリアからヒロインの座を奪い取って楽しかった？　でもダメよ。ヒロインはユリア。あなたは悪役。それは決まっていることなんだから。ヒロインには幸せな結末を。そうでなきゃ、物語は面白くないでしょう？　あなたが邪魔なの。わかってくれるわよね？　今まで十分楽しんできたでしょう？　だから」

私がユリア様の人生を狂わせているのではないか。ずっと、そう思っていたから。

「消えてくれる？」

彼女がどこからかナイフを取り出し、私に向かって振り上げる。私はそれを呆然と見ていることしかできなかった。

私がユリア様の人生を狂わせたのだとすれば……

そう、二度目の死を受け入れかけたその時だった。

「エレノーア！」

勢いよく扉が開き、ルイス様の慌てた声がして気付けば私はルイス様の腕の中にいた。

「ルイス、様……？　なぜここに……？」

呆然と見つめる私に、ルイス様は苦し気な表情で腕に力を込めた。

「エレノーアの侍女から、エレノーアがカナリアに会うと聞いた。……なぜ、言わなかった！　危険だと言ったはずだ！　なのになぜ……！」

「申しわけ、ありません」

ルイス様の苦し気な叫びに、私にはその一言しか言えなかった。

それ以外、なんと言えばいいのかわからなかった。

「本当ですよー。もう、お嬢様ったら一人で行っちゃうんですから。何かあってからでは遅いんですよ？　もっとご自分を大事にしてください、っていつも言ってるじゃありませんか」

いつも通り、明るい声でサーニャがそんなことを言う。

ただ一つ。いつも通りでないとすれば、それはサーニャの下にカナリア様がいることだろう。

「放しなさい！　私はその女を消さなきゃいけないのよ！」

「ふふ、私のお嬢様を消すだなんて許すわけないじゃありませんか。お嬢様を害そうとした罪は重いですよ？　いいですか？　お嬢様は存在が至高なのですよ！　文官試験のことしか頭にないこと以外は完璧なのです！　わかりますか、このお嬢様の素晴らしさが！」

取り押さえながらも平常運転のサーニャに、私は苦笑をもらしたのだった。

エピローグ

あのカナリア様との密会から数日後、私はルイス様と再び丘へと来ていた。その一件以来、私の頭の中はカナリア様に言われたことでいっぱいだった。

私がユリア様の人生を狂わせたのではないか……だが、フィアやミアをはじめとした人たちからの忠告を聞かなかったのはユリア様本人だ。

それも話を聞くとカナリア様が原因だったようではある。カナリア様は今、私への殺人未遂の罪で捕えられている。今回の一件を経て、ユリア様を取り巻く環境もまた変わることになるだろう。ユリア様にとってはこれから大変な時期となる。

だが、そこは私もサポートしていけたらとも思う。私は前世でのユリア様を知っている。だからこそ、ユリア様ならば大丈夫だろうと思うのだ。なにせ、私が一度敵わないと認めた相手なのだから。きっとユリア様であれば乗り越えるだろう。

……私がただ、そう信じたいだけかもしれないけれど……

「エレノーア？　何を考えているんだ」

先日のこともあってか、心配そうに見つめてくるルイス様に私は笑みを返す。

「ただ少し、文官試験のことを」

私の言葉にルイス様は優し気な表情になる。その瞳には少々、呆れの色も出ているが。

「あぁ、長期休みが終わればもうすぐか。だが、エレノーアなら問題はないだろう」

ルイス様からそう言われると大丈夫な気がしてくるのが不思議だ。

「そういえば……。ルイス様は、文官の中でどこの部署を希望しているのですか？」

私は前々から気になっていたことを尋ねた。お互いに文官を目指しているとは言っていたものの、部署については何も話してはこなかったのだ。口にはせずとも、こうなるだろうと予想していたというのもあるが。

「そうだな。俺は宰相になりたい、と今までは思っていた。だが、今は少し迷っている」

ルイス様は、宰相となりレオン様を支えるのだと思っていた。

だからこそ、その言葉に私は驚いた。そんな私に、ルイス様は言葉を続ける。

「俺には、どうしても守りたい人がいる」

その言葉にチクリと胸が痛む。ルイス様に守りたい方がいるのは知っていた。

だが、ルイス様本人から言われると少しだけ、ほんの少しだけ、苦しかった。

「その人を守るために、俺は宰相になりたかった。宰相となり、守る力が欲しかった。傍で守るには宰相になる必要があった」

そう吐き捨てるように口にするルイス様は、どこか苦し気だった。

「だが、その人は俺の思っていた道とは違う道を、自ら選び進んでいる。俺が宰相になる必要もない。文官にはなりたいと思っている。だが、具体的にと言われると決められていないんだ」

その人のことを考えているのだろう。とても優しい表情で口にする。

……非常にルイス様らしいと思う理由だった。誰かを守るために宰相を目指すところも、たった一人のために努力を続けるところも。

あぁ、本当に。ルイス様にそこまで想われているその方が心底羨ましい。

「エレノーアは決めているのか？」

ルイス様が迷っているという言葉を聞き、私も少しだけ考えた。

だが、やはり私の望む未来は一つ。前々から密かに願っていた未来。それが現実になるように願いながら、私はそれを言葉にする。

「私は、補佐官になろうかと」

「補佐官か。理由を聞いてもいいだろうか」

ルイス様の言葉に私は頷き、補佐官を選んだ理由を話す。

「私は、ルイス様が宰相となりレオン様を支えるのだと思っていました」

レオン様の側近候補という言葉からも、ルイス様の成績からも宰相になるのはルイス様なのだと思って疑わなかった。だからこそ、私は補佐官になると決めたのだから。

「だからこそ、私は宰相であるルイス様を補佐するために、補佐官となろうと思ったのです」

私の言葉にルイス様は驚いているようだった。それはそうだろう。私が文官を目指しはじめたのはルイス様と会う以前からのことだ。その私がルイス様の補佐をするために、というのだから。

「民のために、国を良くしたいという思いは変わりません。レオン様とルイス様、お二人ならばこの国をより良くしてくれるだろうという確信があります」

レオン様もルイス様も、誰かのために行動できる方だから。

だから、二人が行う施政ならばきっとこの国は今よりももっと豊かになるだろう。

ならば私は、それを支えたい。どちらかではなく、二人を支えたい。

「……私は、欲張りなのです。レオン様とルイス様、どちらかではなくお二人を支えたい。それができるのは補佐官だけです」

宰相は王を支える役目を担う。

だが補佐官は。王を支える宰相を補佐し、時には宰相の代わりとして王を支えることもある。場合によっては宰相よりも激務になるだろう。

だが、その相手がレオン様とルイス様ならば。

「俺は、エレノーアの夢のためにも宰相にならなければいけないようだ」

私の話を聞いたルイス様は、苦笑しながらも晴れやかな表情だった。

そんなルイス様に私は笑う。

「はい。私の夢のためにも、ぜひ宰相になってください」

そう願うのは、我儘だろうか。
だが、ルイス様と共にレオン様を支える。そんな未来が私は欲しい。
その未来は酷く厳しい道のりだ。宰相となれるのは多くの文官の中でたった一人だけ。
そして補佐官となれるのは、たった二人。とても簡単な道のりではない。
「エレノーアがそれを望むのなら、俺は喜んでそれに応えよう」
ルイス様がただそう言って微笑むから、私は頑張れる。

新＊感＊覚ファンタジー！

レジーナブックス Regina

お礼と溺愛が雨あられ!?

金貨一枚貸したら 辺境伯様に 捕まりました!?

屋月《やづき》トム伽《か》
イラスト：縹ヨツバ

毎日、周りから仕事を押し付けられている孤児院出身の聖女ミュスカ。ある大雨の日、びしょ濡れの男性に出会った彼女は全財産である金貨一枚を貸してあげた。数日後、教会にやってきた彼はなんと辺境伯のレスターで、ミュスカを領地まで連れて帰る。聖女に仕事を頼みたいだけだと思ったのに、なぜか結婚を申し込まれてしまって……⁉　不憫な聖女の逆転シンデレラストーリー開幕‼

詳しくは公式サイトにてご確認ください。

https://www.regina-books.com/

携帯サイトはこちらから！

この作品に対する皆様のご意見・ご感想をお待ちしております。

おハガキ・お手紙は以下の宛先にお送りください。

【宛先】

〒150-6008 東京都渋谷区恵比寿4-20-3 恵比寿ガーデンプレイスタワー8F
（株）アルファポリス　書籍感想係

メールフォームでのご意見・ご感想は右のＱＲコードから、
あるいは以下のワードで検索をかけてください。

アルファポリス　書籍の感想　検索

ご感想はこちらから

本書は、Webサイト「アルファポリス」（https://www.alphapolis.co.jp/）に掲載されていたものを、改題、改稿、加筆のうえ、書籍化したものです。

婚約破棄《こんやくはき》された令嬢《れいじょう》、二回目《にかいめ》の生《せい》は文官《ぶんかん》を目指《めざ》します！

紗砂（しゃさ）

2023年 2月 5日初版発行

編集－桐田千帆・森 順子
編集長－倉持真理
発行者－梶本雄介
発行所－株式会社アルファポリス
〒150-6008 東京都渋谷区恵比寿4-20-3 恵比寿ガーデンプレイスタワー8F
TEL 03-6277-1601（営業） 03-6277-1602（編集）
URL https://www.alphapolis.co.jp/
発売元－株式会社星雲社（共同出版社・流通責任出版社）
〒112-0005 東京都文京区水道1-3-30
TEL 03-3868-3275
装丁・本文イラスト－ぶし
装丁デザイン－AFTERGLOW
（レーベルフォーマットデザイン―ansyyqdesign）
印刷－中央精版印刷株式会社

価格はカバーに表示されてあります。

落丁乱丁の場合はアルファポリスまでご連絡ください。

送料は小社負担でお取り替えします。


ISBN978-4-434-31522-0 C0093